CE QUE JE CROIS

Jacqueline de Romilly, professeur de grec ancien, a enseigné dans différents lycées, puis à la faculté de Lille, à l'École normale supérieure et à la Sorbonne. Elle a été la première femme professeur au Collège de France et la première femme membre de l'Académie des inscriptions et belles-lettres. Elle a été élue à l'Académie française en 1988. Jacqueline de Romilly est décédée en décembre 201

Paru dans Le Livre de Poche :

DANS LE JARDIN DES MOTS

LES GRANDS SOPHISTES DANS L'ATHÈNES DE PÉRICLÈS

JEANNE

LAISSE FLOTTER LES RUBANS

POURQUOI LA GRÈCE ?

LES RÉVÉLATIONS DE LA MÉMOIRE

LES ROSES DE LA SOLITUDE

LE SOURIRE INNOMBRABLE

SOUS DES DEHORS SI CALMES

LE TRÉSOR DES SAVOIRS OUBLIÉS

En collaboration avec Alexandre Grandazzi

UNE CERTAINE IDÉE DE LA GRÈCE

En collaboration avec Monique Trédé

PETITES LEÇONS SUR LE GREC ANCIEN

JACQUELINE DE ROMILLY

de l'Académie française

Ce que je crois

ÉDITIONS DE FALLOIS

ISBN : 978-2-253-17535-3 – 1re publication LGF

AVANT-PROPOS

Je n'aurais pas songé à écrire ce livre, s'il ne s'était agi que d'un témoignage personnel.

D'abord, je vois trop bien ce que l'entreprise, dans ce cas, aurait eu de prétentieux, voire de ridicule. Si l'habitude est, en effet, de demander aux Français moyens leur avis sur la meilleure lessive ou sur une grève en cours, on ne leur demande pas, que je sache, d'occuper tout un livre de leurs préférences ou de leurs jugements. Or quelle serait la différence ?

De plus, je ne me serais pas sentie moi-même à mon affaire. J'ai l'habitude d'enseigner, c'est-à-dire de communiquer le mieux possible ce que je sais, dans le domaine qui est le mien, en me gardant de faire jouer mes opinions personnelles, et plus encore de plaider pour elles.

Enfin, comment n'aurais-je pas hésité, au moment de définir ces opinions ? J'ai cru, longtemps, en beaucoup de choses, que je ne saurais renier. Mais peut-être l'avez-vous entendu dire quelque part : nous vivons « en pleine mutation ». Et quand on a comme moi abordé l'âge adulte avant la dernière guerre, l'effort à faire pour s'y adapter est parfois assez déroutant. Ce que l'on nous avait appris à aimer, on nous apprend à le répudier. La maîtrise de soi ? La réserve ? Il n'en faut plus. La raison ? Après le primat de l'inconscient et le règne de l'absurde, il vaut mieux n'en pas trop parler. Les vertus changent plus vite que les modes vestimentaires. Même les mathématiques ont changé… Cela sans parler de la mauvaise chance qui consiste à avoir été jeune au temps où comptait l'expérience de l'âge, pour se retrouver âgé quand seule la jeunesse est un titre à être écouté. On ne subit pas tous ces changements sans peine. Et l'on peut hésiter, alors, à dire ce que l'on croit, par crainte de trop céder, ou de ne pas assez céder, par crainte aussi, peut-être, de parler dans le désert. Aucune de ces perspectives ne me tente.

Et pourtant, cette instabilité même de la vie et des valeurs est précisément ce qui peut justifier ma tentative actuelle. Car on ne peut échapper aux problèmes qu'elle pose. Et ce qui pourrait être de ma part une gêne à me définir est finalement beaucoup moins grave qu'une gêne à vivre. Tout le monde, aujourd'hui, parle de malaise : malaise des jeunes et malaise des adultes, malaise des arts et de la politique, malaise de la société – malaise, tout est malaise. Il est donc assez naturel de chercher où s'assurer, où se rassurer, et, si l'on connaît un remède, de le dire. Peut-être mes remèdes en valent-ils d'autres.

Je ne les ai pas inventés, et je ne les offre pas comme originaux : ils représentent simplement le dépôt qu'a laissé en moi, jour après jour, une vie consacrée à la Grèce ancienne ; ils se situent à la rencontre entre mon expérience et celle de cette autre civilisation, à la fois si proche de la nôtre et si différente. Je n'ai jamais pensé lui emprunter ma philosophie ni mes croyances, moins encore mes goûts. Mais comment me serais-je interdit de confronter sans cesse un univers à l'autre ? Comment aurais-je pu ne pas être nourrie de ces textes au contact desquels je vivais ? Comment aurais-je pu ne pas porter sur le présent, grâce à eux, un regard différent ?

Ces textes étaient assez divers pour n'exercer une influence sensible que sous une forme générale, décantée, en profondeur. Et surtout le fait que ce dialogue se soit établi, entre eux et moi, à vingt-cinq siècles de distance, impliquait déjà de soi-même ce retour à l'essentiel. C'est bien pourquoi je puis espérer que la rencontre de cette double expérience ait un sens pour d'autres que pour moi. Après tout, il y a eu, au cours de l'histoire, bien des formes d'humanisme : on ne peut avoir pratiqué le grec aussi longtemps que je l'ai fait sans en vivre une, qui a pris les couleurs de notre univers et de notre temps.

Au pire, un tel bilan peut constituer un document, qui paraîtra désuet ou saugrenu. Mais nous sommes tous, aujourd'hui, plus ou moins sociologues : nous adorons les documents. Et peut-être – qui sait ? – cela pourra-t-il être quelque chose de plus. Quoi ? Une drogue contre le malaise ? Un petit stimulant pour le cœur ? Une aide à vivre ? Je n'ose trop le prétendre, mais je dois tout de même partir d'une déclaration bien claire : quelqu'un qui a vécu pendant des dizaines d'années en amitié avec la Grèce antique peut être agacé, furieux, désespéré parfois ; mais ce quelqu'un, je m'en porte garante, n'éprouve, sur les choses essentielles, aucun malaise.

Pourquoi et comment cela est possible sera le sujet de ce livre. Non pas exactement « ce que je crois », mais « ce que l'expérience grecque peut nous aider à croire, en l'an de mutation 1974 ».

I

Voir la lumière

Je crois d'abord que la vie est belle et mérite d'être aimée. Cela ne veut pas dire que tout y soit rose. Mais ce qui me choque est que l'on n'en poursuive pas les beautés, obstinément.

On pourrait croire qu'une telle attitude va de soi : je m'aperçois qu'elle est, au contraire, de moins en moins répandue. Parce que l'on blâme la société, parce que l'on sent tout ce que le monde a d'absurde, parce que l'on doute de pouvoir jamais communiquer avec plénitude, on désespère – ou bien, en langage plus moderne, on est dégoûté. Et le bonheur se confond alors avec un confort bourgeois dont on ne veut plus. Les héroïnes d'Anouilh et les héros de Montherlant, avec leur refus du bonheur, les personnages de Ionesco, aux prises avec une illusion toujours folle et toujours déçue, sont le symbole de ce dégoût. L'alibi de la drogue et du bruit en sont sans doute les effets ; le goût de la violence aussi. Et parler du bonheur de vivre paraît à beaucoup une offense contre la souffrance d'autrui.

J'aurais pu céder, moi aussi, à cette amertume. J'ai eu ma part, et bien comptée, des malheurs du temps. J'ai perdu mon père dans la première guerre, qui a tué également et le frère de ma mère et le frère de mon père. J'ai vécu la seconde guerre – et, qui plus est, comme Juive. J'ai compté dans ma vie privée pas mal de déboires, dont beaucoup étaient la conséquence indirecte de la guerre. Je me suis passionnée pour mon métier de professeur ; et on me l'a ruiné entre les mains, à coups d'attaques et de réformes. Quant au grec qui m'est si cher, je l'ai vu, après une carrière tout entière consacrée à le diffuser, brusquement écarté des études, pour des raisons, ici encore, que l'on disait liées aux difficultés du temps.

De tout cela je ne me plains pas outre mesure. Je sais qu'il en est toujours ainsi. La vie est toujours difficile. Les bonheurs s'y doublent de leur contrepartie de souffrance, en sorte que les lots, pour finir, semblent équivalents : si l'on a la chance d'avoir une famille, qui vous aide et vous entoure, on doit à son tour l'aider à supporter ses épreuves diverses ; si l'on a la chance d'avoir des enfants, avec toutes les joies qu'ils vous donnent, on est exposé aux déboires qu'ils risquent de vous apporter, quand ils sont malades, quand ils rencontrent des échecs, quand ils se retournent contre leurs parents. Toutes les passions vous enrichissent mais vous usent. On ne peut pas gagner sur tous les tableaux. Quant aux désordres du temps, je voudrais bien savoir quelle génération y a jamais échappé. Un de mes étudiants, lors de la guerre d'Algérie, se plaignait d'appartenir à une génération si lourdement éprouvée : je lui racontais les crises de l'avant-guerre, l'instabilité d'une paix menacée, la guerre... Tous les temps sont des temps de désordre ; et la paix est toujours à venir, de même que la prospérité.

Un jour, je regardais un rocher tout juste couvert par la mer et auquel s'accrochaient des algues. Les pauvres algues ! La vague montait puis redescendait, les tirant brutalement vers le bas, tordues, presque arrachées, et les laissait à sec. Puis la vague remontait, et, aussitôt projetées vers le haut, elles se rouvraient dans la mer, pour un instant. Et je me disais : pour nous, il en est ainsi. Cela tire, mais nous tenons ; cela continue indéfiniment, mais, à chaque instant, on peut à nouveau s'épanouir et reprendre force.

La vie est ainsi, et pourtant je l'aime. Ma vie a été ainsi, et pourtant j'ai été heureuse. Encore maintenant, au plus fort des fatigues et des soucis, des joies ne cessent d'y éclore.

Les Grecs, je crois, m'ont aidée à préserver ces joies. Car ils ont eu, précisément, le courage d'aimer la vie et le bonheur, sans pour autant embellir les choses, sans jamais perdre de vue les cruautés de l'existence, tout au contraire.

Vingt-cinq siècles après, nous leur devons encore l'invention de la tragédie. Et le propre de la tragédie est justement de reconnaître dans les malheurs les plus insignes le signe même de la condition humaine. Ils y ont montré comment les désastres s'abattent sur un homme, qu'il soit innocent ou coupable. Ils y ont montré qu'aucun bonheur humain ne dure. L'homme était pour eux « l'éphémère », « le fantôme d'une ombre », « un fantôme et une ombre inconsistante ». Disent-ils mieux, nos désespérés d'aujourd'hui ? Disent-ils mieux que Sophocle, avec ses vers qui donnent à l'instabilité humaine cette résonance si implacable : « Pour les hommes, rien qui dure, ni la nuit étoilée, ni les malheurs, ni la richesse ; tout cela un jour brusquement a fui, et c'est déjà au tour d'un autre de jouir – avant de tout perdre » ? Et savent-ils mieux qu'Euripide comment ceux que les dieux laissent en paix se déchirent de leurs passions ? Ils lui empruntent bien sa farouche Médée… Dans le domaine du tragique, on ne peut guère aller plus loin que mes Grecs du Ve siècle.

De plus, ils vivaient dans la guerre et en connaissaient toute l'horreur. L'*Iliade* est un poème de guerre, où l'on meurt, où l'on pleure ; Hérodote et Thucydide sont des historiens qui racontent des guerres. Et quelles guerres ! Thucydide n'hésite pas à montrer les passions que réveille, au sein même des cités, ce « maître aux façons violentes ». Le scandale de la guerre est partout, avec ces morts cruelles, ces morts pour rien. Encore aujourd'hui, quand je lis des reportages sur des guerres ou des massacres, la brutalité des témoignages, ou même des images, m'émeut moins profondément que la grande image d'Eschyle, sur les morts de la guerre de Troie : « Arès, changeur de mort, dans la mêlée guerrière a dressé ses balances, et, d'Ilion, il renvoie aux parents, au sortir de la flamme, une poussière lourde de pleurs cruels – en guise d'hommes de la cendre, que dans des vases il entasse aisément. »

Les Grecs me disent ces souffrances de l'homme autant et mieux que mes contemporains. Et je ne crois pas que le sort fait à Socrate implique de leur part l'euphorie trop facile de la bonne conscience.

Mais l'admirable est justement que les Grecs aient su garder le goût de la vie tout en la sachant telle, et que la misère de l'homme, toujours présente à leur esprit, aboutisse à donner du prix aux joies, ou à la joie, qui en est complémentaire. Tout ce théâtre semé de désordres, toute cette histoire semée de crimes, restent pour moi des textes toniques, qui me rendent confiance parce qu'ils laissent une place au courage, et qui m'aident à mieux ressentir les joies de la vie parce qu'elles n'en sont jamais absentes.

Même dans la tragédie, je les retrouve. Car personne n'y renie le bonheur ou ne le refuse. L'Antigone des Grecs n'est pas l'amère contestataire qu'en a fait Anouilh. Elle perd à regret les joies que lui coûte son héroïsme. Et elle pense au bonheur perdu. On y pense souvent, dans la tragédie : on pleure celui que l'on avait, ou que l'on aurait pu avoir ; ou bien soudain l'on espère enfin le connaître. Le regret et l'espoir sont marqués au chiffre du bonheur. Et déjà, chez Homère, le sourire d'Andromaque, menacé par la mort imminente d'Hector, est évocateur des joies de la paix.

Je pense que cet attachement obstiné au bonheur, précisément parce qu'il n'est pas aveugle, a peu à peu nourri et raffermi ma propre joie de vivre, et m'a aidée à la garder intacte contre vents et marées.

Et puis comment oublier que, chez les Grecs, ces joies de la vie m'apparaissent dans la fraîcheur de découvertes simples et naïves ? Ils n'habitaient pas nos grandes villes. Ils n'étaient pas perdus dans d'immenses troupeaux humains. Leurs guerres étaient cruelles, mais elles s'arrêtaient pour l'hiver. La terre grecque leur ouvrait ses beautés non polluées. Et leur littérature toute neuve se remplissait de visages humains différents, de vertus encore intactes, d'admiration. Les malheurs du temps n'étaient pas mille fois multipliés par la presse, les mémoires, la propagande ; ils n'empêchaient pas d'aller à l'essentiel. Ils n'oblitéraient même pas la simple vie de tous les jours. Et, grâce aux Grecs, je les redécouvre mieux.

C'est pourquoi, parlant de ce que je crois, je ne puis me retenir de citer des noms de héros, des vers de poètes. Il ne faudrait pas s'y tromper : ce n'est point là simple travers de professeur. Ces héros et ces vers font partie de ma vie. Ils sont mes compagnons et mon viatique. Ils m'aident à retrouver, au fil des jours, l'émerveillement que le monde moderne tendrait à étouffer en nous.

* * *

Et d'abord, cette première merveille : voir la lumière. Ainsi les Grecs définissaient-ils le fait de vivre. Et les mots contiennent déjà – c'est le cas de le dire ! – comme une illumination.

Simplement cela : la lumière. Tous ceux qui meurent, dans la tragédie, disent en mourant adieu au Soleil, dieu de la lumière. « Soleil, je te viens voir pour la dernière fois » : le vers que Racine a mis dans la bouche de Phèdre n'était justement pas dans le modèle grec ; mais c'était au détail des mots près, l'adieu que prononçaient Œdipe et Antigone, Ajax, Alceste et Polyxène.

Oh ! ce n'était pas le soleil écrasant à qui l'on rend hommage dans l'hébétude de l'été : ce n'était que la lumière de la Grèce – celle qui, aujourd'hui encore, donne son éclat à la blancheur des marbres, ou à ce qu'Eschyle appelait « le sourire innombrable des vagues marines ».

Cela existe. Accablés de soucis, serrés dans le métro de nos villes trop denses, les yeux sur le journal, la hâte au cœur, nous l'oublions. Mais chaque fois que je viens dans ma maison de Provence, le même saisissement me reprend devant le jeu de la lumière et de l'ombre. Lorsque je vois, le matin, s'éclairer tout à coup un pan de mur d'un blond doré, et l'ombre des platanes bouger doucement, en taches légères, sur ce fond lumineux, ou lorsque je vois le vert des pins tout caressé de soleil, et la pente découpée de la montagne Sainte-Victoire, avec sa blancheur qui change à toute heure de reflets, j'ai le sentiment que rien, jamais, ne peut passer la joie de cette contemplation. Mais on n'est pas forcé de venir au pays de Cézanne. Sans aller si loin, je me souviens fort bien d'un dimanche matin, il y a quelques semaines, dans le parc de Bagatelle, et du sourire étonné et comme incrédule de tous ces Parisiens devant les pelouses fraîches, avec leurs flaques de soleil. Leur sourire me semblait dire : « Soleil, je te viens voir pour la première fois »…

Pourtant, ne pensez pas que le bonheur auquel je crois soit fait de fuite devant le réel et d'extases bucoliques. La beauté n'existe pas que sur des pelouses dans des parcs préservés. Pour qui a vécu au contact des Grecs, elle surgit à chaque instant.

La lumière qu'ils aimaient éclairait tout : les visages, les colonnes, les façades, les bijoux, les armes. Les poèmes sont tout illuminés de ces fulgurances joyeuses : tout est d'or, tout étincelle. Une bonne nouvelle aussi est, pour eux, une lumière. « Ô rayon du plus beau soleil qui ait jamais brillé sur notre Thèbes aux sept portes, tu as donc lui enfin, œil du jour doré ! » : le chœur pousse ce cri de joie au lendemain d'un jour de bataille, qui laisse morts les deux princes rivaux, et au matin de ce qui sera la mort d'Antigone. En plus modeste, je vis cela au cours des jours. Quand je me hâte, exaspérée d'être en retard, tourmentée, malheureuse, l'éclat de la lumière sur le dôme usé des Invalides vient soudain me faire signe, illuminant un présent dérobé à l'angoisse. Quelque chose en moi se rassure, se dit : « Il y a la beauté. » Et quelque chose, aussi, s'émeut au souvenir du temps d'exil, et murmure : « Merci, mon Dieu, que je puisse avoir retrouvé Paris, si longtemps interdit, si longtemps menacé » : « Tu as donc lui enfin, œil du jour doré… »

Les choses les plus humbles deviennent ainsi sujets de joie. À la splendeur des héros avec leurs casques étincelants, l'épopée savait opposer les douceurs de la vie quotidienne. Et quand Hector s'enfuit éperdument devant Achille qui va le tuer, il passe près des « larges et beaux lavoirs de pierre », où, du temps de la paix, les femmes de Troie venaient laver leur linge ou, comme dit Homère, « leurs vêtements brillants ». De même, aux douleurs de la guerre qui fait rage, Aristophane savait opposer les plaisirs de l'automne, avec ses feux où l'on rôtit des glands de hêtre, ou bien ceux du printemps et de l'été, avec ses inspections campagnardes, au son de la cigale, pour aller voir mûrir la vigne et grossir la figue… Ce matin, comme tous les matins de septembre, j'ai été, moi aussi, voir mûrir la figue. J'ai d'ailleurs constaté que les oiseaux s'en étaient régalés avant moi. Mais c'était déjà merveille que le figuier existe, et les oiseaux.

De même les journées, si coupées qu'elles soient de soucis, s'éclairent parfois d'une beauté amicale. La lumière de la première lampe allumée sur ma table de travail encombrée de livres m'émeut autant que les premiers narcisses.

Je ne sais ce qui rend pour moi ces joies si vives. Peut-être le souvenir des années de guerre et d'occupation donne-t-il plus de prix au fait de « voir la lumière ». Peut-être encore ai-je une nature ainsi faite. Mais je crois, ou même je sais, que ce sentiment primordial a été renforcé en moi par ce contact de tant d'années avec ces gens qui étaient au matin du monde, et qui étaient poètes. Et je sais également qu'au lieu de nous ronger d'amertume à l'idée que tout va de travers, redécouvrir ces joies n'est pas un mal. Elles n'empêchent ni d'agir ni de réagir ; et elles sont si simples et essentielles qu'aucune mutation ne saurait leur porter atteinte.

Il n'est pas non plus de mutation qui tienne contre la douceur des tendresses humaines. Et je voudrais en citer deux formes, qui me sont particulièrement chères.

La première est la gentillesse. Je crois en la gentillesse. Et, pour une fois, je m'interroge : suis-je bien sûre d'en devoir entièrement le goût à la Grèce ? Peut-être les femmes en général aiment-elles la gentillesse ? Peut-être le Midi, avec ses sympathies en surface, m'en a-t-il donné l'habitude ? Toujours est-il que j'y suis terriblement attachée. J'apprécie les mots bienveillants, venus d'étrangers aussi bien que d'amis, les attentions, la courtoisie, la compréhension. Ce ne sont pas là, dans le monde d'aujourd'hui, des biens si communs ; mais ils comptent d'autant plus.

La gentillesse n'est pas la charité. Elle est moins riche et moins pure ; elle ne va pas jusqu'au don de soi, elle est souvent tout extérieure. Aussi peut-on la juger mièvre. Et pourtant, à cette différence, voici que, justement, je reconnais, malgré tout, l'influence directe de la Grèce – avec son respect de l'homme et son sens inné d'une certaine égalité. Aujourd'hui encore, les gens simples, en Grèce, ne sont-ils pas étonnamment courtois, hospitaliers et généreux ? Et finalement, puis-je oublier qu'au cœur même de l'*Iliade*, la femme adultère qui fut cause de tant de morts chez les Troyens se voit si gentiment traitée par son nouveau beau-père, le roi de Troie ? Il l'appelle « chère fille » ; il lui dit : « Ce n'est pas ta faute : tout est venu des dieux. » Cette gentillesse du vieux Priam, et de quelques autres avec lui, éclaire pour moi l'épopée, comme celle de mon entourage éclaire parfois ma journée. J'ai besoin de ces îlots de clarté pour m'intéresser à l'œuvre littéraire, comme j'en ai besoin pour trouver, dans la vie, le courage d'agir.

Cette gentillesse, que j'aime, s'étend à tous indistinctement ; mais elle reconnaît à chacun une existence à part, si humble soit-elle. Elle est, comme la fraternité, ouverte à tous ; et pourtant son propre est de distinguer chaque personne. Contrairement à la charité – ou à ce que je me représente comme telle – elle se vit au niveau le plus simple et le plus concret – ce qui n'est pas pour me déplaire. J'aime que cette Athènes de la guerre du Péloponnèse, toute secouée de passions et d'idées, soit pourtant composée de ces braves gens sans complications qui remplissent le théâtre d'Aristophane, et ne rêvent que de faire bombance. J'aime qu'au sortir de la guerre civile, les plaidoyers de Lysias nous introduisent au monde des hommes modestes, qui traînent en bavardant sur l'agora et dans les boutiques. Ils surgissent les uns après les autres, l'invalide et le mari trompé, présentés sous leur meilleur jour, loin des luttes de partis et des idéologies. Dans un train, dans un autobus, chez mon marchand de légumes, je retrouve le même élan d'allégresse vers la bonne entente. J'aime cette gentillesse tout ensemble naïve et roublarde. Et je l'aime d'autant plus que je sais qu'elle se survit à travers les siècles, qu'elle touche au plus humain, et qu'elle constitue, dans nos vies difficiles et chaotiques, un point fixe où amarrer notre affection pour les hommes en tant que tels.

Mais de tous les domaines où les Grecs m'ont appris à mettre de la tendresse, il en est un qui me touche plus encore, car c'est celui où s'est passée ma vie : je veux parler de l'enseignement.

Comment bien enseigner si l'on n'a pas, pour ses élèves, la tendresse de Socrate pour les siens ? Notre époque est un peu obsédée : quand j'évoque cette tendresse, on s'empresse de m'avertir qu'il s'agit là de sentiments homosexuels. Peut-être ! Et qu'importe ? Je sais bien, en tout cas, qu'une pédérastie de ce genre n'aurait certainement pas droit au carré blanc des coucheries. Ce qui me touche, moi, c'est la patience de Socrate, son ironie indulgente pour les défauts des jeunes, sa lente adresse à les éveiller, ses compliments, son sérieux. Même les grands mots lourds de nos traductions, les « mon bon » et « mon excellent ami », ne parviennent pas à tromper sur le charme de cette affection. J'aime voir Socrate se moquer doucement du jeune Phèdre, un fervent de la rhétorique qui – Socrate s'en doute – cache sous son manteau le beau discours dont il prétend ne pas avoir le texte. J'aime le voir se moquer finement des arrogants. J'aime aussi le voir s'attendrir devant le beau Charmide. Eh oui ! Il ne faut pas y voir malice : la beauté de Charmide me touche ; c'est vrai que les jeunes sont parfois beaux. Mais ce beau jeune homme me touche plus encore quand il rougit de timidité, puis répond à Socrate non sans noblesse, et décide enfin de devenir son disciple dans la quête de la sagesse. Ces jeunes gens-là, j'en connais. J'en connais même encore maintenant – après que la pression de quelques agitateurs a fait céder le gouvernement, puis les parents, et enfin l'administration, au point que nos jeunes, en général, ne savent plus rougir que de colère, ni rechercher que le plaisir. Même maintenant je sais combien sont charmantes et nobles cette confiance d'une part, cette patience de l'autre.

Pour moi, c'est un plaisir d'expliquer à des étudiants ce qui ne va pas dans leur travail. On n'y arrive pas toujours. On peut être fatigué, pas assez lucide : on voit alors sur leurs visages l'ombre d'une déception qui ne s'avoue pas. Mais quelle joie partagée quand on y réussit ! Platon a célébré cette joie à la fin du *Phèdre*. Ma vie à moi en a été éclairée.

Naturellement, j'ai connu dans ma vie d'autres joies et d'autres tendresses, plus vives et plus sûres. Mais je crois n'en avoir pas connu de plus pure que celle-là, ni de plus féconde : je tiens d'autant plus à le rappeler que ce lien privilégié entre le maître et la jeunesse se trouve aujourd'hui menacé, et que je crois cette menace grave.

Parfois, cette menace me serre le cœur ; et puis, à chaque lecture de Platon, à chaque entrevue réussie, à chaque sourire, l'espoir renaît. Faire confiance aux hommes n'est pas toujours très facile ; mais si l'on veut voir se développer un humanisme moderne, c'en est la condition première.

* * *

J'ai parlé comme si enseigner était une affaire de tendresse. Et c'en est une, aussi. Mais la joie qui peut en naître est d'abord une joie de l'esprit. Et cette joie de l'esprit ouvre, du même coup, sur une autre lumière.

J'aime passionnément comprendre. Arthur Koestler a écrit récemment que c'était là un besoin aussi fondamental que la faim ou la sexualité. Il me semble, quant à moi, qu'il aurait, plus que les deux autres, besoin d'être encouragé. En revanche, il représente à mes yeux une des plus hautes fonctions de l'homme. Comprendre le plus possible, de tout, toujours.

Ô mes Grecs ! Votre lucidité, je l'adore. Et là, je suis certaine que je ne me trompe pas. Que, dans la Genèse, l'arbre qui donne la connaissance du bien et du mal soit l'arbre défendu et l'occasion du péché originel, me déroute et m'inquiète. Je cherche à retrouver là quelque trace d'un péché d'orgueil ou de démesure. Je ne puis croire que chercher à comprendre soit jamais, en soi, un péché. Et, avec tous les arrangements qu'invente actuellement le christianisme pour faciliter l'accès à ses mystères, j'espère qu'il m'en offrira un. Il doit y avoir une explication : il le faut.

D'ailleurs, soyons justes : ni Ève ni Adam n'avaient vraiment « cherché à comprendre », ils avaient volé le fruit interdit du savoir, ce qui est tout autre chose. Et puis ils étaient dans le jardin d'Éden ; et Dieu sait que nous n'y sommes pas !

J'aime comprendre pourquoi notre société change, pourquoi j'ai mal à la tête, pourquoi l'on me dit du bien de tel livre ou de tel film qui ne me semble avoir aucun sens. J'aime comprendre les énigmes, mais aussi le sens le plus caché des poèmes. J'aime comprendre de quoi il s'agit dans une émission de télévision que j'aborde en plein milieu, mais aussi l'idéal que dissimule chaque être. J'aime comprendre mes amis, mais aussi ceux que je n'aime pas, pourquoi ma sauce brûle et pourquoi les guerres éclatent. Que serions-nous sans cela ?

Or je retrouve ce sentiment, intense et fécond, à la source de toutes les œuvres grecques ; il m'enchante ; il me stimule. Et je crois bien qu'il est contagieux.

Thucydide, le cher Thucydide, à qui j'ai consacré tant de jours et d'années, qu'a-t-il jamais fait d'autre que de chercher à comprendre ? Lui qui a assisté et participé à cette guerre du Péloponnèse où allait s'abîmer la grandeur d'Athènes, il a décidé d'en faire le récit, d'en expliquer et les causes et le cours, car il ne voulait pas, explique-t-il, qu'un jour on pût se demander d'où était sortie une guerre pareille ; et il ne voulait pas non plus qu'on en méconnût la leçon. Alors, il analyse. Il distingue des causes occasionnelles, des causes profondes,

des causes avouées ou secrètes. Derrière chaque décision, derrière chaque mouvement stratégique, il retrouve un plan et un raisonnement. Il creuse, de plus en plus loin. Les « parce que » rebondissent ; car il cherche la cause des causes… Et il poursuit inlassablement, jusqu'à ce que l'événement soit transformé en une sorte d'épure, où interviennent l'homme et le poids de ses passions, le calcul et les fautes, et aussi, à l'horizon, les lois qui tendent à commander l'évolution générale des empires.

Dans cet effort pour comprendre se fondent toutes les vertus grecques : apprendre et comprendre se désignaient par le même mot ; pardonner et comprendre aussi. Et, en grec, dans ce pays qui sait si bien nous rappeler la joie de « voir la lumière », cela s'appelait aussi « voir clair ». Telle est l'expression qu'emploie Thucydide pour désigner le but de son entreprise. Et tous, ils cherchaient comme lui à « voir clair ».

C'est, par exemple, ce que cherchait, à l'époque même de Thucydide, Hippocrate, et c'est ainsi qu'il fondait une médecine scientifique. Thucydide s'occupait des maladies des États, Hippocrate des maladies du corps ; mais l'effort était le même. Hippocrate se demandait lui aussi : pourquoi ? comment est-ce fait, un homme ? Avant lui, on avait pratiqué la médecine routinière des drogues connues par l'usage ; mais il ne s'en contenta plus : il se lança dans des analyses théoriques sur le corps humain et les humeurs qui le composent, parce qu'il voulait comprendre.

Il en était de même des savants grecs, dans tous les domaines. Je dirai même qu'à la limite, il n'est pas jusqu'à la tragédie qui ne soit effort pour comprendre – et peut-être est-ce par là qu'elle m'émeut le plus.

Évidemment, elle est d'abord le lieu de l'héroïsme ; mais je n'ai rien d'une héroïne. Je ne crois pas être très brave. Et je dois même avouer que je ne suis pas prête à mourir – fut-ce pour la défense du grec ! Je crois même que, les grandes crises mises à part, je me méfie un peu des courages et des dévouements sans mesure. Ils vont trop facilement avec les convictions aveugles et avec la violence.

Mais l'héroïsme grec est tout le contraire. Car les héros ne mouraient pas, ils ne tuaient pas, sans avoir longuement exprimé, analysé, mesuré, confronté, l'idéal au nom duquel ils agissaient. Si même ils étaient aveugles, le poète ne l'était pas : parfois, la tragédie leur donnait tort, montrait que leur héroïsme était noble, mais fautif. Parfois ils comprenaient leur erreur. Parfois aussi leurs adversaires finissaient par les approuver. La tragédie était donc toujours, même au sein de l'action la plus dramatique et la plus tendue, un effort pour comprendre.

Quelquefois, elle cherchait à comprendre pourquoi les dieux détruisaient un homme, quelle faute il avait commise, quelle justice il avait méconnue. Dans ce cas, lui aussi « comprenait trop tard ». Le tragique moderne s'émeut surtout de voir que, par sa condition même, l'homme qui voudrait réparer sa faute « arrive trop tard » : les Grecs, pour qui comprendre était essentiel, plaçaient l'accent un peu différemment, et s'émouvaient surtout qu'on pût découvrir trop tard la sagesse, ou la justice. D'autres fois, la tragédie cherchait à comprendre comment une morale s'oppose à une autre, comment une passion explicable peut cependant être criminelle, pourquoi le mal entraîne le mal. Jamais un personnage d'une tragédie grecque n'agissait sans se fonder sur une raison d'agir qui ait valeur universelle. Et c'est pourquoi la tragédie, jusque dans ses mystères, reste elle aussi, pour moi, une école de lucidité.

Cette recherche fervente, que les Grecs ont poursuivie dans tous les domaines et qui explique l'éclat soudain de toute leur civilisation, j'y crois. Et, de façon modeste mais opiniâtre, elle remplit ma vie.

Thucydide essayait de comprendre la guerre du Péloponnèse ; il réunissait des témoignages, contrôlait, comparait, réfléchissait. Et, comme il le dit, « cela coûte beaucoup de labeur, de rechercher la vérité ». J'ai, pour ma part, essayé de comprendre Thucydide, et cela m'a aussi coûté beaucoup de labeur. J'ai comparé des manuscrits, des éditions, des documents fournis par d'autres textes. Parfois, mon attention fléchissait ; les mots se brouillaient. Mais on peut forcer son attention. On peut fournir ce labeur, jusqu'à la limite de ses forces, et quelquefois un peu au-delà.

Je sais – comment ne le saurais-je pas ? Au cas où je n'aurais pas été assez lucide pour m'en aviser, les bonnes âmes n'ont pas manqué de m'en instruire : il est un peu étrange, quand le monde craque de partout, qu'il y a des révolutions, des guerres, des gens ici emprisonnés, et là placés en camps de concentration, de consacrer tout son effort à comprendre un peu mieux un auteur vieux de vingt-cinq siècles, qui a déjà été abondamment traduit et commenté. Mais, puisqu'il s'agit de ce que je crois, je crois que ce n'est pas si absurde.

Si chacun, dans son métier, dans le domaine qui est le sien, essayait à toute force de comprendre, de voir ce qui va mal, de trouver mieux, peut-être le monde craquerait-il moins. J'ai parfois espéré que mon effort pour comprendre Thucydide, avec les yeux et les moyens de quelqu'un qui vit en France au milieu du XXe siècle, pourrait me mener, moi et quelques autres, à mieux comprendre certains faits un peu plus généraux de littérature ou d'histoire. En tout cas, j'ai fait ma part, dans le domaine de la science qui était le mien, en m'y appliquant de mon mieux. Dans la science, toutes les tâches sont modestes ; mais l'entreprise d'ensemble est immense. Ou bien voudriez-vous que, professeur au Collège de France, je ne croie pas à la science ?

Comprendre est ma joie. Et aussi faire comprendre. Or traduire, c'est faire comprendre ; et enseigner, c'est aussi faire comprendre ; mais déjà parler, écrire, montrer ; et déjà être soi-même, tel que l'on s'est fait. Nous sommes tous là pour cela.

À défaut d'héroïsme, l'on peut sacrifier beaucoup à une telle tâche. Les plaisirs, les distractions, les affections peut-être : on leur dit souvent adieu lorsqu'on reste obstinément à chercher une toute petite vérité. De même que l'on dit adieu aux concerts et aux livres – à ceux que l'on aurait pu lire, à ceux que l'on aurait pu écrire. Et, seul, enragé devant l'obstacle, devant l'obscurité, devant l'incohérence, on se bat tant que l'on peut. Je crois qu'il n'est guère de joie comparable à cet effort : comme font les athlètes, en s'obstinant à réussir, c'est sur soi-même que l'on gagne à chaque fois la partie ; et l'on augmente ses propres forces par cet exercice intensif.

C'est le côté par où le vieux désir de lucidité des Grecs rejoint notre jeune respect du travail. Les Grecs, dont la civilisation était aristocratique, n'ont guère fait une vertu du travail. Ils ont parlé un peu des travaux des champs, beaucoup des travaux de l'esprit : le reste était le plus souvent abandonné aux esclaves. Nous avons en cela changé et progressé. Mais laissons-leur au moins le mérite d'avoir, dans le domaine de l'esprit, ouvert la voie ; et ce n'est pas parce que le travail a pris maintenant d'autres formes qu'il faut mépriser le travail des intellectuels, et la joie qu'il leur procure. J'ai aussi de la joie, l'été, à dessoucher, ruisselante de sueur, une ronce avec ses larges racines coincées dans la terre dure. C'est fatigant, bien sûr : c'est un peu le même genre de fatigue (« J'y arriverai ! Ce sera propre ! ») que de peiner sur le sens d'une phrase ; et c'est un peu la même joie.

Pourtant il est grand temps que nous laissions là ma table de bûcheuse, couverte de livres : il est trop évident que, ni pour les Grecs, ni pour moi, comprendre ne se limite à ces tâches de spécialiste.

Et d'abord – il faut le dire – comprendre ne suppose nullement que l'on veuille tout ramener à la raison : c'est avant tout cerner et reconnaître ce qui, précisément, ne peut pas être compris, ce qui se dérobe et se situe par-delà. La raison des Grecs, si active à revendiquer le champ d'action le plus large possible, n'était pas pour autant comparable au rationalisme systématique du siècle des Lumières. Hérodote, qui est ouvert à tout, et cherche honnêtement à départager le vraisemblable de l'invraisemblable, est tout prêt à admettre l'intervention des dieux. Thucydide lui-même s'arrête devant le rôle du hasard. Et ce qu'une tragédie aide à comprendre est avant tout la faiblesse de l'homme devant le mystère de sa destinée. De même, au terme des raisonnements aigus de Platon se rencontre le mythe – ou toutes les images de l'initiation.

En même temps, reconnaître les limites de la raison implique que l'on fasse appel à des ressources autres. Comprendre n'implique ni que l'on prétende tout saisir, sans opacité ni mystère, ni que cette saisie soit toujours affaire de logique et de concepts. J'ai parlé de la tragédie, ou de l'initiation platonicienne : ces exemples illustrent assez ce qu'était l'effort des Grecs, accompli en un temps où le rationnel et l'irrationnel étaient encore étroitement unis et entrelacés. Il a fallu, pour nous le faire oublier, le développement progressif, puis soudain agressif, du rationalisme. Le retour en force de l'irrationnel et de l'inconscient, depuis quelques décennies, aura du moins eu le mérite de nous ramener à des voies plus larges et plus variées. Mais ce retour en force ne doit pas, par un mouvement de pendule, nous précipiter dans l'excès contraire. Il n'offre pas une fin en soi : je crois, quant à moi, que toutes les ressources de l'irrationnel, des rêves, des intuitions et des révélations, doivent, en définitive, accroître notre compréhension. Et la plongée dans les profondeurs ne me paraît avoir de prix que si le plongeur parvient à remonter au jour.

Je tenais à le rappeler, car rien ne me semble plus stérile que les querelles actuelles entre rationalistes au sens étroit et défenseurs d'un prétendu mystère, qui barre la voie à toute discussion. Comprendre, pour moi, c'est tout ensemble : le même idéal me semble valoriser tous les moyens qu'il mobilise.

Mais même cette recherche, obstinée et loyale, en quoi donc consiste-t-elle ? Comprendre une phrase, comprendre un fait, sont des notions qui vont de soi. Et encore ! Je ne crois pas que l'on puisse comprendre une phrase indépendamment de toute l'œuvre et de toute l'époque auxquelles elle appartient. Je ne crois pas que l'on puisse comprendre jamais un fait isolé. Il est difficile, dans le monde actuel, de n'être pas spécialiste. J'en ai terriblement conscience quand j'essaie de me faire une idée, même sommaire, de l'activité de mes collègues scientifiques. Et il me vient alors une nostalgie de ces temps où des sciences encore jeunes pouvaient s'unir et se combiner, de ces temps aussi où chaque discussion morale engageait un système du monde.

* * *

J'ai parlé de voir la lumière du soleil ; et il est bien vrai que les Grecs célébraient cette joie. Mais ils voyaient aussi le soleil dans le ciel, et le ciel qui changeait : combien de fois, dans nos textes, reviennent ce mouvement des astres et cette alternance perpétuelle, qui oblige le soleil à partager avec la lune, l'hiver avec l'été, le jour avec la nuit. Ils lisaient dans ce partage à l'infini le principe même de la justice qu'ils essayaient de faire régner dans les affaires humaines... Peu m'importe que la science actuelle ait élargi notre champ de vision. Peu m'importe qu'elle ait remplacé l'ordre par l'infini, qu'elle ait mis la diversité et l'énergie à la place du ciel calme d'antan. Ou plutôt j'en suis heureuse : nous comprenons ainsi bien des choses que les Grecs ne pouvaient savoir. Mais l'essentiel est que le regard soit toujours maintenu à même hauteur. Vouloir comprendre exige cette ambition. Vouloir comprendre exige que tout se tienne, comme dans la pensée platonicienne, et que la science n'aille pas sans une morale, une esthétique, une métaphysique. On ne comprend rien si l'on ne cherche pas à comprendre tout.

C'est ce que faisaient les Grecs. Ils avaient, je le sais, peu de mérite à le faire. Ils y étaient aidés par le caractère encore indivis du savoir auquel ils s'essayaient. Mais, s'il ne nous restait de leur fréquentation que ce besoin de monter jusqu'à un tout, de retrouver l'unité perdue, bref de chercher sans fin à faire se rejoindre ce qui, en nous, est épars et diffus, ce ne serait déjà pas là un mince service.

Peut-être le perçoit-on : peu à peu, je dérive… Et ce n'est point hasard. Car il est grand temps d'avouer – de m'avouer et d'avouer à tous – que cette joie de mieux comprendre, dont je viens de faire l'éloge, n'est que très partiellement une maxime d'intellectuelle. À force d'en élargir les voies d'accès et les visées, je laisse assez entrevoir, je pense, que ce qui me touche le plus, dans cette ardeur des Grecs pour l'intelligence, n'est point l'intelligence en tant que telle. C'est le fait qu'elle implique un effort constant de responsabilité et de liberté.

Comprendre nous restitue la maîtrise des objets et des situations. Je me souviens du jour où j'avais mis deux heures entières à remonter les pièces mystérieuses d'un grille-pain électrique : quand j'ai finalement compris, et qu'il a finalement marché, j'étais à peu près aussi fière que si j'avais réussi l'envoi d'une fusée sur la lune. Mais comprendre implique d'abord une maîtrise intérieure, infiniment plus importante. J'aurais pu jeter le grille-pain par terre, à grands sanglots. Et j'ai souvent le sentiment que c'est ce que trop de gens font avec leur vie même.

C'est pourtant un beau combat à mener. J'en reconnais autour de moi, sans cesse, les victoires et les échecs : je les reconnais à la lumière de la pensée grecque. Car on a, en effet, le choix. On peut s'abandonner à ses passions – désirs, plaisirs, fureurs – tout comme on s'abandonne aux événements. On devient alors comme les héroïnes d'Euripide, emportées et instables, violentes et facilement brisées. Ou bien, ce qui revient au même, on fait la politique de ce peuple athénien que ses historiens nous montrent aussi prompt à s'enthousiasmer qu'à se décourager, voulant sans cesse avoir plus, et cependant tout prêt, au premier échec, à chasser sans merci ceux qui l'ont laissé faire. Mais, si l'on cherche à comprendre, afin de mieux agir, si, avec Thucydide, on apprend à voir par-delà le désir du moment, alors on retrouve la faculté de se conduire selon son jugement : on se retrouve soi-même. Comme Jean Guéhenno, je ne sens pas très nettement en moi l'esprit du bien ni celui du mal. Mais combien je ressens, chaque jour, je dirais presque à chaque instant, la lutte constante qui se livre entre lucidité et passivité ! C'est une lutte qui peut être tout aussi âpre que celle du bien et du mal, et qui n'est pas sans lui ressembler. C'est un peu le combat de l'âme partagée, décrit avec tant de relief et de violence dans le fameux passage du *Phèdre* de Platon, où l'on voit les deux chevaux qui représentent le désir et la colère céder, mais céder difficilement, dans la sueur et la révolte, à la décision réfléchie du cocher qui doit les mener.

Notre liberté dépend tout entière de cette victoire – de ce primat, en nous, de l'esprit.

L'idée, certes, n'est pas neuve. Mais je vis sa réalité de façon quotidienne. Et j'en tire le sentiment aigu que là est la condition première d'une vraie liberté – une liberté gagnée et non octroyée, qui est la clef de toutes les autres.

Or, là aussi, je sens une menace. Car il se trouve que, de nos jours, nos progrès mêmes ont l'air de vouloir se tourner contre elle.

Je citerai à titre d'exemples deux grandes découvertes de notre siècle, qu'il n'est aucunement question de mettre en cause, mais dont l'influence ne va pas sans risques.

Les découvertes sur l'inconscient entraînent ou risquent d'entraîner un renoncement à la lucidité, du seul fait qu'elles en montrent les limites. À cela s'ajoute que, s'il s'agit de se comprendre soi-même, le recours à autrui, nécessaire dans bien des cas, risque de favoriser l'habitude de la démission. Sans compter qu'en expliquant nos réactions les plus irrationnelles, la psychanalyse les excuse et les ratifie, ce qui risque d'être pour beaucoup un encouragement à tout laisser faire, ou bien à tout faire, aveuglément et sans contrôle.

Dans un autre domaine, le matérialisme historique, mettant en lumière des lois d'un autre ordre, risque également de nous habituer à nous en remettre pour tout à une évolution que nous ne jugerions plus.

Et cela se passe au moment où, à tous les niveaux, l'appartenance à des groupes aussi vastes que possible et aussi homogènes que possible semble la condition première d'une action efficace. Or c'est une condition que chaque individu, aujourd'hui ou demain, risque de payer d'un prix assez lourd.

C'est pour toutes ces raisons, je crois, qu'il faut plus que jamais être vigilants et lucides. Car la question est, à mes yeux, de savoir si, en face de ces risques, l'homme pourra tenir – s'adapter sans se laisser déposséder, apprendre sans jouer les apprentis sorciers, connaître ce qui le mène et pourtant conserver sa part d'autonomie. J'espère qu'il le pourra – puisqu'ainsi se définit ce que j'ai appelé l'humanisme moderne, et qui est, en définitive, une morale de la liberté.

* * *

C'est déjà laisser entendre que ce désir ardent de lucidité se combine pour moi avec un certain nombre d'autres aspirations, qui le complètent ou le dépassent. Ces autres aspirations, qui sont comme autant d'articles de foi, rejoignent pour moi la beauté de la vie. Et il serait grand temps de les définir. Mais c'est aussi ce qu'il n'est pas facile de faire.

« Ce que je crois » signifie pour beaucoup une croyance, religieuse ou positiviste, qui englobe une théorie sur l'évolution de la vie et sur les fins dernières de l'homme. J'avoue ne pas me sentir assez sûre de moi en ce domaine pour révéler mes options, qui sont d'ailleurs incertaines et variables. Mais je crois à quelque chose. Et comme nous ne vivons plus, du moins en France, à l'âge des guerres de religion, j'éprouve au fond de moi le sentiment, peut-être scandaleux, que les diverses formes de foi – fût-ce la foi rationaliste – se rejoignent en un certain sens. Elles traduisent toutes un même besoin de transcendance, ou au moins un même recours à des valeurs avec lesquelles on ne transige pas. Or, quelles que soient ces valeurs, la vie ne me paraît digne d'être vécue que si elle possède une telle dimension. Je serais même volontiers intolérante à l'égard de ceux qui ne croient en rien et ne visent à rien.

Cela aussi est grec. Et Antigone peut servir de symbole à cette exigence. Antigone, en effet, meurt pour ensevelir son frère. Pourquoi ? Parce qu'elle l'aimait, sans doute. Parce qu'elle croyait que les morts existent quelque part et attendent – ce qui est déjà plus. Mais, surtout, parce qu'elle croyait à ce qu'elle appelle « les lois non écrites, inébranlables des dieux » : et là surgit le besoin de vivre, non pas seulement pour quelqu'un, mais pour quelque chose. Le prix de son acte est dans cette visée. Peu m'importe que la loi à laquelle elle veut obéir doive, en fait, sa teneur à Dieu sait quelle pression de la société, critiquable et toute relative : j'aime Antigone parce qu'elle ancre si haut ses raisons d'agir, et leur sacrifie tout. L'Électre de Giraudoux fait comme elle ; et elle m'est chère aussi.

Certes, je ne crois pas que les héros de la tragédie grecque aient le privilège d'un pareil élan : ils nous fournissent seulement de merveilleux symboles. Et peut-être à cause de cela le contact avec les œuvres grecques stimule-t-il, selon les cas, l'idéalisme ou l'héroïsme. Je le dis en pensant à la Résistance. Car il y avait, dans les rangs de la Résistance, beaucoup de professeurs et d'hellénistes, d'allure timide et désadaptée, qui ont soudain trouvé, dans l'habitude de vivre parmi des héros, le courage de les imiter. Alphonse Dain, spécialiste des manuscrits grecs, qui avait donné tout son temps et tout son argent à ses recherches érudites, cachait innocemment dans sa baignoire la presse qui servait à imprimer *Défense de la France.* Et ils étaient beaucoup à agir comme lui : l'héroïsme est aisé aux purs.

En tout cas, quelles que soient les formes que peut prendre, selon les jours et les personnes, cet élan vers autre chose, il me semble donner leur beauté aux êtres et aux actes. Et il me plaît de penser que les Grecs, ici encore, le disaient en termes de lumière.

Si l'absolu prenait pour eux la forme des Dieux, il n'est pas plus nécessaire de donner à ces dieux l'aspect familier de l'imagerie traditionnelle, qu'il ne l'est de donner à Dieu le visage des fresques et des mosaïques : là aussi, je voudrais ne pas préciser indûment ce à quoi s'attache chaque foi. Mais ces dieux étaient censés vivre sur l'Olympe. Leur éternité se confondait avec celle des neiges de l'Olympe, et leur perfection avec l'éclat de ces neiges. Ainsi lit-on – encore une fois, c'est dans *Antigone* – cette rayonnante louange de Zeus, le dieu suprême : « Insensible à l'âge et au temps, tu restes le maître absolu de l'Olympe à l'éblouissante clarté. »

L'on dirait même qu'en se développant, la pensée grecque s'est faite de plus en plus exigeante. Ce qui était encore, chez Sophocle, l'éclat d'un séjour divin devient un demi-siècle plus tard, chez Platon, l'éclat même de l'idée du Bien. Éclat presque insoutenable ! Car, pour Platon, ce que le soleil est aux choses matérielles, l'idée du Bien l'est aux objets intelligibles. En contempler directement la lumière vous ferait mal et vous aveuglerait. Aussi imagine-t-il, dans l'allégorie de la caverne, la lente remontée des esprits vers cette idée du Bien, comme la sortie de prisonniers qui remonteraient au jour, et qui devraient connaître une éducation progressive du regard avant de pouvoir enfin contempler en face l'éclat du soleil. Toute l'éducation consiste alors à tourner l'œil de l'âme vers cette idée du Bien, afin de rendre l'esprit capable d'en supporter la vue… On retrouve la même aspiration dans le *Phèdre*, lorsque Platon rêve la vie de l'âme séparée du corps et admise à la contemplation des mystères divins, ces « apparitions que l'initiation a fini par dévoiler à nos regards, au sein d'une pure et éclatante lumière ».

Finalement, est-on si loin de la foi de François Mauriac, lorsqu'il écrit : « Moi aussi, je crois à la lumière » ?

Tout cela, je le crains, mélange un peu les choses, et ne compose pas, en ce qui me concerne, une croyance aux contours bien définis. On pourrait dire, à juste titre, qu'il s'agit d'un syncrétisme de plus ou moins bon aloi. Mais ce n'est pas tout à fait cela. C'est plutôt que je veux laisser libres les points d'attache personnels. Ceux-ci ne se discutent pas. En revanche, l'existence même d'un idéal, d'une lumière, d'une espérance, quelle que soit leur forme, a finalement la même incidence sur la façon dont nous vivons et sur notre conduite d'hommes. J'ai parlé d'humanisme : il n'est donc pas surprenant que j'insiste principalement sur ce qui se joue à ce niveau, et sur le lieu où se rejoignent ces aspirations, dont la forme varie en fonction des lieux, des temps et des personnes.

Et c'est aussi au niveau humain que j'en apprécie le bienfait. Je sais – je sais même très bien ! – que les hommes en général sont loin d'être admirables. Je sais aussi – et d'expérience – que la vie n'a en général rien de très resplendissant. Mais si cette lumière existe, sous une forme ou sous une autre, dans une vie ou bien une autre, je crois, très fermement, que cela rachète bien des choses.

Or, pour reprendre, en le parodiant, un titre récemment célèbre, je puis le dire en connaissance de cause : cette lumière existe, je l'ai rencontrée.

Peut-être ne suis-je pas assez forte pour regarder en face l'éclat des grandes vérités. Mais j'ai besoin, pour respirer, de voir au moins leur reflet. Et cette lumière à ma mesure brille déjà dans des regards.

J'allais parler d'êtres purs. Mais voilà une curieuse notion. Je ne sais si j'y suis attachée par accident, ou par faiblesse, ou simplement au nom de très vieilles habitudes. Je ne sais pas non plus très bien ce que j'entends par là, car les êtres auxquels je pense étaient bien loin d'être des saints. Pour certains d'entre eux, l'idée est même si saugrenue qu'on ne peut s'empêcher d'en sourire. Ils n'étaient même pas innocents, ni très intelligents, ni très bons. Mais une forme de rayonnement, radieux et spontané, se mêlait à leurs faiblesses mêmes, et vous ravissait le cœur de respect et d'amour.

En eux, ces diverses lumières de la vie humaine brillaient avec plus ou moins de force ; et, grâce à eux, elles devenaient plus sensibles.

Certains étaient des gens très simples – comme ce fermier provençal, qui fut un temps le gardien de notre maison de la campagne aixoise. Ce n'était pas un de ces authentiques Provençaux qui n'ont jamais quitté leur pays, comme ceux qu'aimait Giono. Il avait été marin ; et beaucoup de marins ont gardé un peu de cette lumière dans le regard. Toujours est-il que, quand nous arrivions de Paris, faisant les importants et les gens à la page, nous trouvions là ce vieux ménage, dont la sérénité souriante nous donnait l'impression d'être admis dans un monde meilleur et plus noble que celui que nous quittions. C'étaient de braves gens, mais c'étaient aussi des princes. Lui avait un parler âpre et des yeux sombres, vaguement malicieux ; mais son rapport avec la nature transparaissait au premier geste. Et combien il aimait notre montagne Sainte-Victoire ! Oh ! ce n'était pas Cézanne… Mais, après un orage, ou bien par un matin de brume, ou encore lors des grands jeux du couchant, parfois, il nous appelait : « Vous avez vu comment elle est, en ce moment ? » « Elle », c'était toujours Sainte-Victoire. Et notre affection pour lui s'attendrissait de cette beauté partagée à travers des écrans si opaques et des différences si irréductibles.

D'autres me touchaient par leur bonté ou ce que j'ai appelé leur gentillesse : ainsi cette amie qui avait su, à travers des deuils et des malheurs sans nombre, garder la même voix douce, le même sourire tout jeune, prêt à aimer et à donner quand même. Son sourire, lavé de souffrances et de patience, m'a toujours paru lumineux, m'a toujours fait honte d'être différente. Et, comme elle était, elle aussi, professeur, son souci d'aimer les gens se doublait de celui de leur apprendre à voir clair. Nous ne nous rencontrions pas souvent ; pourtant, penser à elle, dans les moments de découragement ou de colère, m'a toujours aidée. Se rappeler que la lumière existe vous aide.

J'ai aussi connu des êtres d'exception – mais quel être n'est pas d'exception ? – qui étaient pure lumière. Par exemple un, que je puis nommer, car tout le monde l'a connu, auréolé de gloire quand il dirigeait ses concerts : qui, en effet, a vu diriger Charles Münch et n'a pas gardé le souvenir de son rayonnement ? Je crois bien qu'on l'aimait déjà, lorsque l'on voyait son visage refléter les émotions de la musique qu'il dirigeait, se faire tendre ou passionné, désolé ou émerveillé, au rythme de ce à quoi il donnait vie. Je ne suis pas le moins du monde capable de juger un chef d'orchestre ; mais je sais que l'élan de son geste, et ses mains, me faisaient, à les voir, comprendre et aimer la musique. Et surtout il se trouve que je l'ai approché aussi quand il ne dirigeait pas. Je l'ai connu généreux, incapable de calcul, aisément dérouté, aussitôt conquis, joyeux et gai, puis écrasé comme par une lassitude sans borne. Il était ravi ou accablé, sans réserve, sans réflexion, comme si la vie était, directement, musique. Le succès l'entourait d'un mélange d'applaudissements et d'intrigues ; mais il ne considérait ses réussites qu'avec la modestie charmante d'un artisan qui fait de son mieux. Il donnait, et donnait encore. Il était de ceux dont on dit : « Il est comme un enfant. » Il avait d'un enfant les tendresses, les admirations, la soudaine profondeur. Il faisait mille sottises aussi, comme un enfant. Mais il y avait en lui une qualité de pureté telle que, même dans les situations les plus fausses, il n'eût pas été possible de lui prêter jamais une intention basse ou médiocre. Je n'étais, à l'époque, qu'une petite étudiante très sage, mais je savais déjà que ceux qui l'approchaient lui auraient pardonné n'importe quoi. Et, depuis qu'il a disparu, il m'arrive encore très souvent de retrouver le souvenir de sa voix, qui traînait tant de fatigue avec tant de gentillesse, ou de me rappeler son regard, parfois inquiet et comme dérouté par les difficultés quotidiennes, mais soudain enchanté d'un mot, d'un objet, ou d'un rêve. C'est alors un peu pour moi, après tant d'années, comme si une lumière se rallumait quelque part, pour m'aider à vivre.

Pour certains, ce sera, je pense, un autre artiste, un autre savant, un autre homme. Mais je crois que chacun connaît l'expérience que j'essaie ici d'évoquer, et que cette expérience nous révèle ce qu'est la qualité humaine, quand aucune hypocrisie ni aucune compromission ne vient la ternir à sa source.

Cela rend heureux. Et, d'une certaine manière, cela rend gai. Les êtres dont je viens de parler étaient capables de gaîté. Et je crois en la gaîté. Quitte à assumer notre condition, comme on dit, autant le faire par la gaîté, c'est-à-dire en y mêlant un juste sens des proportions, et l'amicale connivence d'un amusement partagé.

On me dira que je suis là très loin du grec. Eh bien, peut-être ! Je n'ai jamais prétendu vivre au Ve siècle avant notre ère, ni limiter mes affections à Hector ou à Périclès. Je prends donc le reproche fort allégrement.

Mais, malgré tout, est-il donc impossible de croire qu'un certain humanisme vous prépare à mieux apprécier cette qualité humaine, quelles que soient ses formes et sa diversité ? Est-il impossible de croire que les images simples et radieuses dont m'entourent les textes grecs m'aident à reconnaître cette qualité humaine dans les visages qui m'entourent – visages de savants ou d'artistes, de ménagères ou de travailleurs ?

Je ne crois pas que ce soit impossible. Et tout ce qui aide en ce sens me semble bon. Si j'insiste, c'est parce qu'il est bien évident que je lutte ici contre quelque chose de fort précis. Je suis très effrayée de voir, dans la littérature et la pensée actuelles, ce visage sinistre que l'on prête aujourd'hui à l'homme et à la vie. Je suis très effrayée de voir que les solutions qui se cherchent conduisent presque toutes à une annihilation de l'individu, et ne tentent de trouver la joie que dans une sorte d'absence : car je crois que tel est le sens de ce recours artificiel qui précipite les uns vers les sagesses orientales et les autres vers des transes collectives – autant de modes dont se pare une abdication trop rapide. Quoi ? Sans avoir le courage de ressaisir l'élan perdu ? Oui, je suis très effrayée de voir ce renoncement à l'art de vivre au niveau humain. C'est pour cela, peut-être, que je fais flèche de tout bois. J'essaie.

La joie de voir la lumière à ce niveau n'est pas facile, ni donnée. Elle demande du recul. Elle demande une sorte de retour à la candeur, qui ne s'acquiert pas sans peine dans une civilisation comme la nôtre. Mais en serions-nous devenus incapables ? C'est ce que, pour ma part, je me refuse à croire. Et je ne vois guère de tâche plus belle ni plus urgente que celle qui consisterait à en rallumer au moins le désir.

II

Communauté de biens

> « Les Athéniens ne cédèrent qu'aux coups qu'ils se portèrent eux-mêmes, du fait de leurs conflits privés. »
>
> THUCYDIDE, II, 65

Bien que j'aie constamment écrit et réfléchi sur les doctrines morales et politiques, je suis un peu, par rapport à la politique contemporaine, l'homme de la rue : je ne m'en suis jamais occupée de façon active. Peut-être était-ce sot ; car la politique, elle, s'est occupée de moi ; elle s'occupe de nous tous.

J'ai déjà dit combien l'ensemble de ma vie avait été marqué, directement ou indirectement, par la situation politique. J'ai déjà évoqué la guerre – les deux guerres –, l'Occupation et les lois raciales. Mais depuis – depuis le jour de la paix restaurée, de la profession retrouvée –, sans doute n'y a-t-il eu qu'à se laisser vivre ? Parlons-en ! Et l'Indochine ? Et l'Algérie ? Et Budapest ? Et Prague ? Et le Vietnam ? Et Israël ? Et Chypre ? Chaque année nous apporte son lot de drames, avec ses souffrances entrevues, ses querelles, et l'anxiété du transistor que l'on écoute le cœur serré. Bon, dira-t-on, n'écoutez pas. Bardez-vous d'indifférence tant que la guerre n'est pas chez vous ! Cultivez votre jardin ! Par malchance mon jardin est l'Université ; et chacun sait que ses plates-bandes ont été quelque peu maltraitées, d'abord par Mai 68, et puis surtout par les suites de Mai 68. D'un coup, tout le métier est devenu parodie politique, avec les petites crises de guerre civile que cette notion implique. Les mesures les plus simples se sont mises à faire l'objet de savantes menées politiques. Politiques, oui, toujours ! Politique, le regroupement des universités parisiennes selon l'option des professeurs, politiques nos commissions perpétuelles ! Politiques, hélas, du moins dans trop de cas, les désignations d'enseignants – quand ce ne sont pas (cela s'est vu) les résultats des examens… Bon ! dira-t-on, c'est votre métier, mais c'est là un cas limite. Ah, oui, vraiment ? Et les voyages annulés, les courriers suspendus, les grèves sans cesse recommencées, et les attentats, et les violences, et les restrictions de ceci ou de cela, et les élections, avec leur cortège de rancune ? Il faudrait être ermite, loin des hommes… et encore ! Tous ces sentiers de Provence, qui m'étaient si familiers, voici que, d'année en année, ils se perdent : l'on me donne des explications, où il s'agit du plan d'urbanisation et de la nouvelle municipalité, et du fait que tel Conseil a des appuis au gouvernement. En attendant, les pins tombent – par l'effet de la politique.

C'est un fait : nous sommes tous concernés. Et, dans le monde actuel, où les humains sont de plus en plus nombreux, les États de plus en plus grands, et les moyens de communication de plus en plus rapides, nous le sommes plus que jamais.

Seulement, par un désastreux paradoxe, alors que cette solidarité passive s'accroît de jour en jour, le sentiment d'une solidarité active disparaît à la même vitesse, et en partie pour les mêmes raisons. Nous sommes trop nombreux pour nous sentir responsables, trop nombreux pour nous connaître et vouloir nous entraider.

Je ne suis pas très forte au jeu des partis politiques, mais je crois, comme à une évidence, que cette désaffection fondamentale est le grand mal des temps modernes.

Je le sens d'autant plus vivement que je vis une partie de ma vie dans la petite cité grecque d'il y a vingt-cinq siècles, où cette participation de tous les citoyens à la vie de leur cité revêtait une importance concrète et primordiale. J'emploie à dessein le mot de « citoyens ». Car il était la clef ouvrant tous les droits, et toutes les joies. On était libre parce que la cité était indépendante, fier parce qu'elle était puissante, à l'abri du besoin parce qu'elle était riche. On décidait soi-même, directement, de sa politique ; aussi éprouvait-on la gloire de ses réussites et la honte de ses fautes. Chaque citoyen pouvait dire : « L'État, c'est moi. » Cela impliquait du reste, par réciprocité, toute une série d'exclusions : les esclaves n'étaient pas citoyens, les femmes non plus. Nous parlons d'un passé lointain et imparfait, que je ne vous propose pas pour modèle. Mais la réalité vivante et déterminante qui s'attachait alors à la vie du citoyen me paraît, je l'avoue, et belle et enviable.

Dans un pareil système, chacun savait que son sort privé dépendait du sort commun. C'est là une notion que nous avons apprise et approuvée, puis apparemment oubliée. Mais si nous lisons les œuvres grecques, cette évidence revit de page en page – parfois sous forme d'exemples héroïques (comme ceux de ces parents, qui, dans la tragédie, doivent immoler leurs enfants, et le font), parfois aussi sous forme d'appels au sentiment ou bien à la raison. Certains de ces textes se font écho entre eux. Et, à travers la simplicité des termes, l'évidence de l'analyse s'impose à moi comme un diagnostic encore de mise aujourd'hui. Je ne veux pas multiplier les citations. Pourtant, j'ai tant de textes qui me hantent l'esprit, de textes tellement plus clairs que ce que j'en pourrais dire moi-même ! L'un d'eux est à mes yeux comme la charte du civisme : c'est un passage d'un discours que Thucydide prête à Périclès ; Périclès y stimule le zèle de ses concitoyens, qu'obnubile l'égoïsme ; et il leur explique que la cité passe avant tout : « Je pense, en effet, quant à moi, qu'un État sert mieux l'intérêt des particuliers en étant d'aplomb dans son ensemble, que prospère en chacun de ses citoyens individuellement, mais chancelant collectivement. Car un homme peut voir sa situation prendre un cours favorable : si sa patrie va à la ruine, il n'en est pas moins entraîné dans sa perte ; tandis que, malheureux dans une cité heureuse, il se tire beaucoup mieux d'affaire. Aussi, dès lors qu'une cité est capable de supporter les malheurs privés, et les individus incapables de supporter les siens, comment ne pas la soutenir tous[1] ? »

Je crois, je sais par expérience, que cela est vrai. Je sais qu'un pays vaincu et ruiné voit tout s'effondrer à la fois : les fortunes et les titres, le travail et l'emploi, la nourriture, la liberté, toutes les libertés. Je le sais : je l'ai vécu. Et pourtant cette vérité si simple et si indiscutable n'arrête pas toujours – loin de là ! – les luttes intérieures, les grèves ruineuses, les fuites aveugles de capitaux, ni la désaffection.

Encore s'il ne s'agissait que d'un calcul !… Mais je sais aussi par expérience que cette solidarité, quand elle parvient à prendre corps, aide chacun à vivre. Elle a pour moi le goût du bonheur.

On parle beaucoup d'aliénation. Mais dire « nous » est le contraire d'une aliénation : c'est un élargissement et une ouverture, une extension dans laquelle tout redevient possible et dans laquelle on n'est plus ni seul ni désemparé.

J'ai connu cette expérience à des moments divers et à des niveaux divers. Je voudrais n'en évoquer que deux, qui sont comme deux points fixes et inébranlables, à quoi s'amarre tout ce que je puis penser dans le domaine politique.

Le premier de ces souvenirs est celui de la guerre. J'ai déjà dit que dans cette France vaincue et occupée, j'étais, de surcroît, juive. Je n'avais plus ni ressources ni métier, et ma vie même était à chaque

1. Thucydide, II, 60, 2-4.

instant très directement menacée : eh bien, j'ai peu de souvenirs aussi riches et pleins que ceux de ce temps-là. Il était si facile, alors, si naturel, de dire « nous ». Certes, il y avait des divergences : collaborateurs et résistants ne faisaient point l'unité. Mais, une fois envahie la zone sud, une fois commencées les déportations et les exécutions d'otages, on ne songeait plus guère aux collaborateurs, et ils comptaient fort peu. Le danger attisait une tendresse mutuelle. Les plus lâches devenaient braves. Jamais, quand il a fallu se cacher, nous n'avons manqué d'offres, venues des plus indifférents. C'était un jeu avec le danger, une fraternité entre inconnus, la joie d'une espérance commune. Dans toutes les maisons, à la même heure, une même voix offrait, dans le secret, l'aliment quotidien à cette espérance. Ah ! comment dire à Maurice Schumann, comment dire à ceux qui n'ont pas connu ce temps-là, la ferveur avec laquelle nous écoutions cette voix ? Tous les souvenirs de ce passé, si chargé d'émotions diverses, s'ordonnent d'ailleurs autour de mots entendus dans le secret, l'oreille au poste, comme pour une confidence : les nouvelles, d'où tout dépendait ; les messages, dont le mystère même faisait naître un mélange d'angoisse et d'exaltation, et demeure aujourd'hui encore comme le symbole indéchiffré d'une attente muette. Ils revenaient, ces messages, se répétaient comme les mots d'une langue inconnue. Et je sais qu'entre gens de cette génération, certains d'entre eux continuent à éveiller, avec le souvenir des misères partagées, une sorte de connivence très douce. « *Sugar, sugar, queen* », « La cuisine n'est pas très propre » : ces formules dépourvues de sens évoquaient des nuits sans lune et des parachutes tombant doucement sur de hauts plateaux, guettés par des gens que d'autres guettaient. Ils évoquaient l'aide reçue, l'action menée ensemble, le général de Gaulle. Ils promettaient, en termes absurdes, la fin de nos épreuves. Mais l'autre voix – celle qui nous parlait à nous, en termes clairs, cette voix si fière, si jeune, si ardente –, elle nous tombait droit sur le cœur. Nous écoutions, penchés sur une radio assourdie, les mots dont nous avions besoin pour survivre et pour devenir dignes de ce qu'il faudrait traverser. Le lendemain, chez l'épicier, chez la crémière, on ne trouvait pas grand-chose à acheter, bien sûr, mais on trouvait ces regards échangés, d'égal à égal, et vaguement héroïques : « Vous avez entendu, hier ? » Oui, tous, nous avions entendu. Et nous avions les mêmes mots, comme autant de trésors, qui nous faisaient briller les yeux.

Ce furent des années terribles et merveilleuses, où chacun vivait un peu au-dessus de lui-même, et tout près des autres. Je sais : nous étions jeunes… Mais qui : « nous » ? Je ne parle pas ici de l'amitié des maquis, où il n'y avait guère que des jeunes. Je parle d'une amitié bien plus large, sans limite. La crémière n'était pas jeune : il y a longtemps qu'elle est morte. Et la patronne de l'hôtel n'était pas si jeune, qui nous offrait sa propre chambre, en cas de rafle, et faisait disparaître le passe permettant d'ouvrir toutes les chambres, à tout hasard. Et la marchande de laine n'était pas si jeune non plus : elle nous prêtait sa maison à la campagne, quand la ville devenait peu sûre; et l'on célébra chez elle le mariage d'une Juive belge, devenue catholique de ce fait, mais qu'il fallut conduire jusqu'à la mairie avec tant de précautions... Elle fut sauvée, mais elle aussi est morte. De toute façon, la vie nous aurait séparés. Mais dans ces années d'occupation, le « nous » était éclatant de chaleur et de joie, chez les vieux comme chez les jeunes. Et ce sont ces années d'horreurs qui m'ont le plus fait croire que l'on peut tout attendre de l'homme.

L'autre expérience me concerne moins. Mais il m'a été donné, une fois dans ma vie, de voir un peuple qui disait « nous » à tous les instants de la journée. C'était Israël, entre la guerre des Six Jours et la guerre de Kippour. Je ne veux pas ici parler du problème d'Israël en général; mais je puis porter un témoignage – qui est celui d'une helléniste. Israël, en effet, présentait soudain à mes yeux le spectacle d'un État en danger, comme nous l'avions été au temps de l'Occupation, mais aussi celui d'un État très petit, et comparable à la cité grecque, puisque tous s'y connaissaient, ou presque. De plus, cet État était neuf : il avait été attendu pendant des siècles, espéré dans la souffrance, obtenu à coups de morts, d'exils et de torture; et il commençait dans l'oubli nécessaire de toutes les différences sociales ou nationales, dans un réapprentissage extasié de la vie en commun. La femme de chambre de l'hôtel était une ancienne comptable hongroise; tel autre exerçait, en Allemagne, une profession libérale depuis longtemps abandonnée; tout était mêlé; tout commençait ; et leur appartenance à ce petit État tout neuf était leur seule raison de vivre. C'est pour cela qu'ils disaient « nous ». « Nous avons planté les arbres de cette place », « Nous avons ouvert cette école à telle date »... Quelquefois, c'était un « nous » plus limité, mais alors combien collectif ! c'était le « nous » du kibboutz : « Nous avons planté et soigné ces oliviers », « Nous avons fait ce jardin d'enfants », « Nos fils sont enterrés ici, et voici, réunies, leurs photos ». C'est, en effet, un pays où Hérodote aurait reconnu la vieille monstruosité de toute guerre : ce sont bien souvent les pères qui enterrent leurs fils – « nos fils ».

Je suis plutôt individualiste ; je n'ai jamais été sioniste ; je n'appartiens que pour moitié à une famille juive, et pas du tout à cette religion ; mais ce fut là, dans l'ordre humain, une véritable révélation. J'ai dit à un collègue de là-bas : « Vous avez créé un nouvel humanisme. » Je voulais dire par-là que ces hommes, qui étaient passés par tant de souffrances avant de posséder enfin cette Terre promise, avaient inventé un mode de vie où l'égalité la plus totale se mêlait à la courtoisie et à la gentillesse qui reflètent le respect d'autrui – tout cela parce qu'ils étaient fiers de l'œuvre accomplie ensemble. « Nous l'avons fait » : ils disaient cela dans la joie de la solidarité – de même que le sacrifice des vies humaines, si lourd et si grave dans ce petit pays, était aussi le deuil de tous. C'était « nous ». Voilà pourquoi la vieille intellectuelle individualiste que je suis s'étonnait de découvrir qu'elle aurait pu vivre ainsi, et renoncer à bien des agréments très précieux, pour la beauté de ce « nous », si durement payé, mais si fortement ressenti.

Il se peut que cela ait changé, ou doive changer. Je n'oppose pas mon témoignage à d'autres. Et je n'ignore pas que les ententes les plus parfaites cèdent le plus souvent soit au relâchement de la paix, soit à la tension d'angoisses trop répétées. Mais ce que j'ai vu me suffit pour me montrer que la chose est au moins possible : la force du lien civique, dont mes textes grecs m'avaient laissée pressentir la puissance, m'a été, une fois au moins, montrée dans sa réalité immédiate, et pur de toute compromission. Or j'ai pleinement conscience qu'il s'agit là d'une des composantes essentielles du bonheur, tel, du moins, que je l'entends.

* * *

Mais voilà qui, dans la pratique, ne me mène pas très loin. Je ne puis demander une nouvelle guerre mondiale pour ressusciter la solidarité d'antan, ni vouloir qu'à chaque fois de nouveaux États lui réinventent un visage nouveau. Alors, que faire ? Qu'espérer ? Et que croire ?

L'appartenance civique des cités grecques peut éventuellement revivre dans des conditions exceptionnelles telles que celles que j'ai mentionnées. Mais elle ne peut avoir de réalité dans nos grands États, à moins de crises graves. Pour des Français, le gouvernement, quel qu'il soit, n'est jamais « nous », mais « eux ». « Qu'ont-ils encore imaginé ? » « Ils augmentent les impôts » : qui cela,

« ils » ? Dans notre monde, comme dans celui de Kafka, ce « ils » ne désigne même pas, sauf dans la propagande, un groupe précis d'individus, mais une machine anonyme et complexe, essentiellement destinée, semble-t-il, à nuire aux citoyens. En fait, le décalage est trop grand, entre la solennité occasionnelle des consultations populaires, dont tout semble dépendre, et l'impuissance totale de l'individu à se défendre contre une administration, qui n'est plus que de très loin l'émanation du gouvernement. Les ordinateurs n'ont pas, à cet égard, simplifié les choses ; et ils ont eu le défaut de symboliser, sous sa forme la plus concrète, le caractère inhumain et aveugle de ce que les Grecs appelaient déjà d'un mot neutre « les autorités ».

« Les autorités », ce n'est pas nous. Ce n'est même personne. Voler l'État – chacun l'admet plus ou moins – n'est pas voler. La police n'est pas notre police : personne n'aime avoir affaire à elle. La poste n'est pas notre poste ; et il ne viendrait franchement à l'idée de personne que l'augmentation des tarifs nous enrichit. Quant aux gouvernements qui se succèdent, le moindre ouvrier agricole ou le dernier poinçonneur d'autobus (j'entends par là des gens que leur formation et leur activité ne qualifient pas spécialement en matière de politique) parle comme s'ils étaient choisis parmi des éléments de la population qui seraient plus que tout autre, arriérés, incompétents, incapables de juger et même d'apprendre. Nous les avons élus, ou nous avons élu celui qui les choisit, mais nous disons allégrement : « C'est à se demander où on va les chercher. »

Bref, une telle distance a fini par s'établir entre le citoyen et la gestion de la cité qu'il ne se sent plus concerné. Et le civisme n'y gagne rien.

En plus, le civisme pâtit de la crise de l'idée de patrie. Il suppose, en effet, un État qui soit senti dans son irréductible unité. Et l'histoire ne contribue pas à soutenir une telle notion. Nous savons tous – même sans être professeurs – que les petites cités grecques se sont longtemps battues avec fureur avant de se fédérer en ligues, puis de s'unir, ou encore que la France elle-même s'est faite peu à peu, au prix de guerres acharnées entre royaumes, duchés, comtés, tous soutenus par des forces étrangères. Là-dessus, nous faisons l'Europe ! Qu'il soit bon et sage de la faire, et que ce soit une tâche urgente, ne saurait se discuter ; pour ma part, en tout cas, je le crois et j'y crois. Mais il peut y avoir quelque malaise à avoir tenu pour vertu de massacrer des Allemands quelques années à peine avant de nous associer à eux dans une amitié sans nuages. Il avait déjà fallu le faire avec l'Angleterre ; et cela avait pu demander un effort. Pourtant il ne s'agissait que d'un retournement d'alliances ; il ne s'agissait pas de passer d'un coup du national au fédéral. Dans ce mouvement de l'histoire, le patriotisme n'a pas très bonne mine : à peine lui a-t-on sacrifié tout ce que l'on avait de plus cher qu'il devient, et à raison, « patriotisme de clocher ». S'il en est ainsi, pourquoi aiderait-on spécialement cette patrie ? Et qu'importe qu'elle soit plus ou moins bien organisée, puisque les résultats acquis se perdent dans la masse ?

Enfin, tandis que s'affaiblit ainsi le lien proprement national, d'autres obédiences se développent, qui ont pour fondement des idées; par-delà les nations, elles lient les hommes à des partis, à des syndicats, qui tendent assez souvent à passer avant tout le reste; ces partis ont tous des alliances au-dehors, certains d'entre eux aspirent ouvertement à la révolution, ou bien encore à l'anarchie. Ces liens divers, qui passent par-delà les États, vont bien dans le sens de l'évolution historique. Mais il est clair que leur développement ne peut qu'affaiblir chez chacun le sens de l'appartenance nationale.

Que l'on se rassure : je ne vais pas plaider pour le patriotisme. En temps de guerre, en temps de crise, sans doute se réveillerait-il. En temps de paix, en revanche, son visage n'est pas toujours des plus plaisants. Il suffit, en effet, d'assister à un match de football ou de rugby, directement ou bien à la télévision, d'écouter les cris de la foule ou bien les commentaires des experts, ou même de lire ce qu'en dit la presse : il n'est pas d'homme, si revenu qu'il soit, ou qu'il pense être, des patries et des gloires nationales, qui ne découvre alors en lui, pour un coup de pied dans un ballon, un chauvinisme féroce, poussant jusqu'à l'injustice et à la mauvaise foi, jusqu'à la grossièreté et à la violence. Le patriotisme, malgré les apparences, a des racines fort vivaces; et il peut refleurir à la première ondée.

Mais, en attendant, et dans la simple vie quotidienne, il est de fait que la lutte entre les partis, avec son horizon international et ses haines sans merci, finit par tuer le civisme. Or le civisme est ce dont nous vivons, nous qui vivons ensemble. Le civisme commence avant le patriotisme ; et il est plus difficile à entretenir. Car il implique que l'on pense, d'abord et toujours, à l'intérêt commun. Le civisme est de ne pas jeter n'importe où les papiers sales, de ne pas tricher avec le fisc, de ne jamais rien détruire de ce qui est le bien de tous… C'est aussi quelque chose de plus positif, qui consiste à ressentir au cœur, en dépit de tous les tracas et de tous les sacrifices, la chaleur directe de la solidarité.

Cette solidarité est, à mes yeux, irremplaçable.

Certes, on tente de nos jours de lui en substituer une autre. La lutte politique nous offre, à sa place, un autre lien, un autre « nous », qui serait aussi riche en ferveur fraternelle et en possibles dépassements de soi-même. Le fait est que la solidarité syndicale ou politique permet, sans aucun doute, de dire « nous » : c'est là une des forces des divers organismes où elle s'exerce et s'entretient. Mais j'avoue que ces solidarités me laissent cependant un peu insatisfaite.

Je ne crois pas tellement à la ferveur des « nous » qui excluent des voisins, des parents, des collègues. Ce « nous » aux saveurs de guerre civile me paraît trop lourd de rancunes et de condamnations pour n'en pas garder quelque chose d'un peu dur et d'un peu menaçant. La lutte politique, du reste, implique toujours des opinions, qui sont par nature discutables. Quand je repense au « nous » du temps de guerre, je me dis qu'une de ses forces était de s'être cimenté autour d'un bien indiscutable, qui était la liberté. Pas telle ou telle liberté, parfois difficile à délimiter et dont les exigences vont parfois contre la vie même de l'État : la liberté sous sa forme élémentaire – le fait de n'être pas, dans la rue, au café, ou chez soi, arrêté un jour sans raison, et tué sans justification. Je crois que celui qui a vécu un temps sans cette liberté-là – et dans bien des pays, sous les régimes les plus opposés, des hommes subissent cette privation – sait quelle ardeur unique elle peut mobiliser. Au temps dont je parle, c'est un peu parce que le bien en cause était si clair et universel que le « nous » clandestin a pu déboucher un jour sur un immense « nous », dans un déferlement de foules qui s'embrassaient. Dans les partis, quels qu'ils soient, je sais bien que la cellule, le groupe syndical, les amicales, les sections locales, sont un effort, souvent réussi, pour ressusciter cette solidarité dont chacun a besoin ; mais je ne suis pas sûre que le triomphe de ces « nous » – triomphe remporté parfois sur des gens de notre famille ou bien de notre immeuble – aurait la même allure d'unanimité retrouvée et se ferait dans une fraternité si ouverte. Non, je n'en suis pas sûre du tout.

En attendant, en tout cas, nous vivons mal. Plus rien ne marche. Faute d'appartenir à rien, les gens sont tristes et méchants. Politiquement, on tourne en rond. Si l'argent vient à manquer, ou le pétrole, chaque parti s'empresse d'en accuser l'autre. On ne paie pas assez les travailleurs ; aussi cessent-ils de travailler ; aussi l'État s'appauvrit-il. Il augmente les salaires ; du coup il doit augmenter aussi ce que l'on achète avec ces salaires. Moralement, c'est pire encore. Faute de se sentir responsables, les gens tirent à hue et à dia. On voit surgir les bandes, les coups de main, les attentats. On en fait et on en laisse faire : chacun pour soi, et vogue la galère ! Le bonheur, dans tout cela, où est-il ? Ne nous étonnons pas si le théâtre et le cinéma nous renvoient si souvent l'image de solitudes glacées au sein d'un univers devenu monstrueux.

Je crois que si l'on ne remédie pas à ce mal, si l'on ne réveille pas une bonne volonté commune et fraternelle, tous les technocrates du monde y useront en vain leur savoir. Il faudrait à nouveau « participer », mais dans un sens bien supérieur à celui de ces règlements de gestion qui furent proposés récemment, ou même tentés, sans que le cœur y eût de part.

Mais comment faire ? Ne suis-je pas en train de pleurer sur l'inévitable ? Ce mal n'est-il pas inhérent au monde moderne, et mesuré à son échelle ?

Vous me permettrez tout d'abord – l'helléniste, toujours ! – de préciser qu'il n'en est rien. Le mal est aujourd'hui plus général, peut-être, et aussi plus aigu ; mais, en soi, il n'a rien de neuf. Et ma Grèce classique a connu, toutes proportions gardées, une crise exactement semblable. Les deux partis rivaux, oligarchique et démocratique, formèrent, d'une cité à l'autre, de vastes alliances internationales, chacun de ces deux partis se réclamant d'un des deux « grands », qui étaient alors Athènes et Sparte. La guerre civile fut encouragée et entretenue par ces deux cités ; et les États moins importants devinrent l'enjeu et le théâtre de leurs affrontements. La passion partisane l'emporta dès lors sur l'amour de la cité ; et le règne de la violence ne connut plus de bornes. Thucydide nous a laissé de cette crise un tableau à la fois lucide et poignant, au livre III de son histoire : « Tel fut en effet le degré de cruauté qu'atteignit la guerre civile, et il fut sensible parce qu'elle était des toutes premières ; car ensuite le mouvement gagna pour ainsi dire le monde grec tout entier, où des différends opposaient dans chaque ville les chefs du peuple, partisans d'appeler les Athéniens, et les aristocrates, qui tenaient pour les Lacédémoniens. En temps de paix, il n'y aurait pas eu de prétexte et l'on n'osait donc pas les faire venir, mais une fois en guerre, du même coup, l'appel à des alliances, tant pour nuire à l'adversaire que pour se les attacher à soi-même, devenait un procédé facile de part et d'autre pour ceux qui voulaient une action révolutionnaire... En temps de paix et de prospérité, les cités et les particuliers ont un esprit meilleur, parce qu'ils ne se heurtent pas à des nécessités contraignantes ; la guerre, qui retranche les facilités de la vie quotidienne, est un maître aux façons violentes, et elle modèle sur la situation les passions de la majorité. Ainsi la guerre civile régnait dans les cités[1]... » Voilà ce que dit Thucydide. Cette description ne nous rappelle-t-elle rien ? Pour moi, elle rejoint, dans une rencontre assez saisissante, une expérience trop familière. La lucidité grecque m'y saute aux yeux ; à travers les siècles, elle m'aide

1. Thucydide, III, 82, 1-3.

soudain à reconnaître le péril que créent les idéologies, quand elles doivent, coûte que coûte, et sur tous les terrains ensemble, passer par la lutte pour la puissance.

Cette même lucidité m'aide-t-elle à lire le remède ? Hélas, tel est rarement le cas avec les leçons de l'histoire. La crise de la cité, en Grèce, entraîne des maux de toutes sortes, des asservissements, des haines, des massacres. Et puis rien ne fut changé, sinon que les deux camps furent tous deux si affaiblis que la Grèce ne s'en remit pas. Les Athéniens cessèrent de dire « nous ». Ils envoyèrent des mercenaires se battre à leur place. Ils vécurent mal, eux aussi. Et, finalement, la Macédoine, avec son régime monarchique, imposa sans peine son pouvoir aux cités intérieurement désunies : l'histoire ne finit pas bien.

Pourtant, elle aurait pu finir plus mal, et plus vite. Pourtant, les Athéniens avaient eu conscience du péril. Déchirés à leur tour par la guerre civile, en 411 et en 404, ils surent se reprendre, proclamer que la concorde était un devoir sacré, et, ce qui est plus difficile, le mettre en pratique et s'y tenir vigoureusement. Ils en furent longtemps fiers ; et ils avaient raison. Puis, pendant toute la première moitié du IVe siècle, ils essayèrent de retrouver l'ardeur civique d'antan. Les auteurs qui gardaient espoir réclamaient une réforme morale : les uns le faisaient avec une douce obstination, comme Isocrate, les autres avec la fougue de la parole, comme Démosthène ou Lycurgue. Quant à ceux qui perdaient espoir, ils cherchèrent dans l'abstrait quelles seraient les conditions pour qu'une cité fût vraiment une. Tel est le souci qui dicta à Platon ses projets à la fois communistes et idéalistes. Enfin, certains cherchèrent dans l'analyse du lien civique et des structures de la cité les bases d'une union plus accessible : tel est le point de départ de la *Politique* d'Aristote. Dans tout cela se retrouve, sous des formes diverses, la même quête acharnée de solutions et de remèdes.

Sur le plan théorique comme sur le plan pratique, Athènes lutta donc pour préserver le lien civique. Ne pouvons-nous en faire autant ?

Je ne suis ni Démosthène ni Platon ; et je ne vais pas tenter tout de go d'offrir ici une solution, que nul, d'ailleurs, ne me demande. En fait, j'accepte tout, tous les efforts, tous les remèdes, si limitée que soit leur portée. J'aime le reboisement collectif, où chacun apporte son arbre ; j'aime les grandes expéditions enfantines pour nettoyer nos forêts ; j'aime la facilité toute neuve des dons et des échanges entre jeunes. Mais je crois aussi, après avoir lu et relu les auteurs grecs, si préoccupés de ce problème, qu'il y a quelques valeurs primordiales, sur lesquelles repose le civisme et qui rendent possible la vie en commun. Promouvoir ces valeurs serait le vrai remède.

Parmi les moyens de le faire, je dirai seulement les deux auxquels je crois le plus, et auxquels le contact de toute une vie avec les auteurs grecs m'a sans doute aidée à croire.

* * *

Le premier porte un nom étrangement méconnu et décrié : c'est tout bonnement la loi, ou la légalité.

La loi était pour les Grecs le fondement et la garantie de toute liberté, de toute démocratie. Ou bien l'on obéissait à l'arbitraire d'un maître, ou bien l'on obéissait à la loi – c'est-à-dire à une règle fixe, semblable pour tous, que l'on s'était, directement ou indirectement, donnée, et qui était, en quelque sorte, l'expression même du contrat social.

Comme ils avaient raison ! N'est-il pas évident que la loi est la protection des faibles ? Les forts, les riches, les ambitieux, renâclent à s'y plier. Ou bien ils usent de leur crédit pour parvenir à la tourner. La loi est la seule garantie des droits de chacun. On me permettra ici encore une citation – une seule ! Les mots sont tellement plus forts quand ils nous arrivent ainsi à travers les siècles ! Ils sont aussi tellement plus concrets, prononcés par Démosthène, dans cette petite cité au pied de l'Acropole ! Il en appelle à la loi pour punir un riche qui l'avait giflé ; et il évoque la sécurité d'une vie régie par la loi : « Voyez plutôt : tout à l'heure, quand le tribunal aura levé séance, chacun de vous rentrera chez lui – l'un d'un pas plus vif peut-être, l'autre plus lentement – sans s'inquiéter, sans se retourner, sans avoir peur, sans se demander si l'homme qu'il va rencontrer est un ami pour lui ou ne l'est pas, s'il est grand ou petit, s'il est vigoureux ou chétif, sans se poser aucune de ces questions. Pourquoi donc ? Parce qu'il sait au fond de lui-même, dans la ferme confiance qu'il a pour le régime, que personne ne viendra l'enlever, ni le frapper, ni lui faire violence. »

Ce début m'émeut, parce que cette sécurité n'existe plus dans nos grandes villes. Je connais une amie qui fut attaquée et bousculée, un dimanche matin, en plein boulevard Saint-Germain, sans qu'aucun des automobilistes qui passaient s'arrête pour lui porter secours. Je connais un jeune homme qui fut houspillé et frappé à la sortie du métro Cardinal-Lemoine, par des garçons qui ne lui prirent rien et qui simplement voulaient s'amuser ; il ne protesta pas : on ne proteste pas seul contre la violence. Pourquoi donc la loi n'assure-t-elle plus notre sécurité ? Démosthène le dit : c'est notre faute : « D'ailleurs, si vous voulez bien considérer ce qui donne aux juges qui se suivent un pouvoir souverain sur toutes les choses de la cité – qu'ils soient deux cents, mille, ou n'importe quel nombre arrêté par la loi –, vous trouverez que ce n'est pas pour être, seuls parmi les citoyens, groupés en bataillons, ni pour être en meilleure condition physique, ou les plus jeunes en âge, mais parce que les lois sont fortes. Or, cette force des lois, en quoi consiste-t-elle ? Est-ce à dire qu'elles accourront pour assister celui d'entre vous qui, victime d'une injustice, criera à l'aide ? Non : elles ne sont qu'un texte écrit, qui ne saurait posséder un tel pouvoir. Alors, qu'est-ce qui fait leur force ? Vous-mêmes, à condition de les fortifier et de mettre, en toute occasion, leur puissance souveraine au service de l'homme qui les réclame : voilà comment vous faites la force des lois, de même qu'elles font la vôtre[1]. » Dans l'anarchie de la violence, la loi est donc le seul recours, et son autorité dépend de nous. J'aime, je l'avoue, me dire qu'en lisant les textes grecs, dans l'élan naïf de leurs découvertes, nous pouvons toucher du doigt cette responsabilité qui nous incombe à tous.

Elle exige d'abord que nous conformions à la loi notre propre conduite. Mais elle exige aussi que nous acceptions, ou réclamions, des sanctions fermes contre ceux qui voudraient y porter atteinte, en s'attaquant au droit des gens.

Naturellement, aucune sanction n'est juste. Nous avons découvert, il y a peu, que toute tendance criminelle s'explique par l'hérédité ou par l'éducation, que la folie est un malheur, et ne doit en aucun cas être traitée comme une tare, que les passions s'expliquent, que les vices s'expliquent, et que la vraie responsabilité incombe à la société qui n'a pas su, à l'origine, éviter les conditions qui font de l'homme un criminel. Aux yeux de Dieu, tout cela est sans doute vrai ; et il est certain que nul homme n'a le droit de s'ériger en juge. Mais s'agit-il ici de nous prendre pour Dieu ? Ce que nul homme n'a le droit de faire du point de vue de l'absolu peut devenir, dans la pratique, le devoir d'une société. Toute collectivité, à laquelle nous appartenons, doit se garder et nous garder. Oh ! j'aimerais, je vous l'avoue, ne plus craindre de voir, dans les métros du soir un innocent m'arracher mon sac, ou brusquement en venir aux coups ! Je

1. Démosthène, *Contre Midias*, 223-225.

voudrais que cet innocent fût innocent ailleurs… Je voudrais partir en vacances sans envisager que mon appartement pourrait bien être pillé. Cela m'est déjà arrivé. Et la police a dit : « Forcément, en août… » Je voudrais, quand ma voiture n'est plus à sa place, ne pas penser aussitôt : « On me l'a volée » ; pardon ! il faut dire « empruntée ». Suis-je donc trop attachée aux menus biens que je possède ? Mais cette cousine de soixante-dix ans, qui a pratiquement perdu un œil d'un coup de poing asséné dans un couloir du métro par un pauvre homme, un étranger – innocent, lui aussi, mais coupé de son univers et exaspéré par la dureté du dépaysement –, était-elle trop attachée à ses yeux ? Paris deviendra-t-il comme ces villes américaines, où, le soir, on reste chez soi ? Qu'aurait dit Démosthène ? Il aurait dit, sans doute, que nous sommes des barbares. Et il aurait eu raison. Car le libéralisme, empêtré d'une science récente et d'une vieille tradition d'indulgence, devient aisément hésitant et impotent. Je crois aux sanctions, parce que je respecte la vie humaine et le bien commun. Ô vous que ces sanctions indignent, comment ne comprenez-vous pas que c'est vous qui manquez de respect à ces hommes, puisque vous les tenez pour irresponsables ? Un citoyen, un homme, ne peuvent être tenus pour irresponsables : je crois les termes contradictoires.

Je sais pourtant que les choses sont parfois moins simples. La violence privée, celle qu'évoquait Démosthène, celle dont je me plains ici, est en soi indéfendable. Mais notre temps connaît d'autres violences, qui sont, elles, d'ordre politique. Et elles sont autrement difficiles à juger.

Je sens d'autant plus vivement cette difficulté que j'ai des souvenirs plus fervents du temps de la Résistance. Les résistants de la dernière guerre ne respectaient pas la loi. Ils usaient de violence. Ils causaient parfois la mort de gens qui n'y étaient pour rien, sacrifiés à une cause qui me semblait et me semble encore justifier de tels moyens. Alors, où est la différence ? Et où s'arrêtera-t-on ?

Aujourd'hui, c'est tout simple : on ne s'arrête pas. Pour peu que l'on serve une cause que l'on juge bonne, on détourne des avions, on enlève des personnes, on envoie des lettres piégées, on fait sauter des voitures ou des trains, on place des bombes dans des magasins ou des cafés. Notre époque ne vient-elle pas, pour tenir le rythme, d'inventer le mot « chantager » ? Car, tout naturellement, l'imitation et la compétition s'en mêlent ; et le besoin d'alerter l'opinion publique exige, de proche en proche, des mesures toujours plus audacieuses. De ce fait, chacun s'habitue. J'étais, il y a deux ans, dans un train qui s'arrêta quelques instants en rase campagne : un enfant d'environ sept ans s'écria, les yeux brillants de joie : « Maman ! un attentat ! » Il était prêt à jouer, comme on jouait jadis aux Indiens. Le résultat, pour les Indiens, n'est pas très encourageant. Mais le fait est que cet enfant était mûr – à sept ans – pour la violence.

Ma réaction est à l'opposé. Ma réponse est qu'il faut s'arrêter tout de suite, avant de commencer, le plus tôt possible, et le faire résolument.

La Résistance a dû user de violence et pratiquer la révolte; mais il s'agissait d'un cas extrême : c'était en pleine guerre, dans un pays occupé, où la légalité, qui ne reflétait plus que l'arbitraire d'un conquérant, pouvait apparaître comme suspendue. Et j'aime à croire que, pour beaucoup, cette façon de faire la guerre n'alla pas sans affres, ni sans l'ardent désir d'éviter toute perte inutile. De toute manière, un cas limite ne saurait constituer un blanc-seing – ce qui, à mes yeux, serait désastreux.

Car je suis sûre d'une chose, c'est que, dans tous les domaines, la violence est haïssable.

On nous parle souvent des horreurs de la guerre. Et le fait est qu'elle est aujourd'hui plus horrible que jamais, avec ses guérillas qui n'ont plus rien de militaire et ses moyens de destruction qui atteignent l'échelle de la terre. Mais il n'est pas besoin d'aller si loin : déjà, tout simplement, un être que l'on tue, est-ce tolérable ?

À force de voir s'accumuler les violences et les massacres, on finit par laisser s'en émousser le sens. Je garde, quant à moi, le souvenir aigu d'une vision, qui n'était même pas celle d'une violence voulue, mais d'un simple accident de la route. Il se trouve que, depuis longtemps, son image me hante, comme le symbole d'une vie brutalement détruite. C'était un dimanche soir de septembre, en Italie, à l'entrée d'une petite ville. De grands phares étaient braqués, pour permettre de le photographier, sur le corps désarticulé du cycliste qui venait d'être tué. Et ces phares mettaient cruellement en relief, sur la chaussée, les deux pieds, dont l'un avait perdu son espadrille, projetée un peu plus loin. Était-ce cette mise en scène brutale, ou bien la brusque interruption de l'inconscience estivale ? Était-ce la nudité de ce résultat, surgissant tout seul, et sans explication ? Toujours est-il que cette espadrille des promenades dominicales, cette espadrille de la jeunesse, de la journée promise à la joie, m'empêcha toute la nuit de dormir et passe encore, longtemps après, dans mon souvenir.

Or la violence fait cela, exprès. C'est pourquoi son spectacle me fait honte autant que peur.

Je crois donc que partout, toujours, à tout prix, et d'abord là où la légalité est là pour nous y aider, il faut lutter contre elle. Ce n'est pas parce que la vie est menacée à l'échelle mondiale qu'il faut en faire bon marché là où sa défense dépend de nous. L'existence du cancer n'empêche pas de soigner une grippe. Au reste, on meurt très bien d'une grippe qui n'est pas soignée.

Les Grecs, une fois de plus, me raffermissent dans ce sentiment. Car dominer la violence, sous toutes ses formes, a été l'idéal opiniâtre de ce peuple dont les goûts, croyez-moi, n'avaient rien de fade. Ils avaient pratiqué la lutte avec les fauves, avec les monstres ; et leur art est rempli de combats inhumains et de héros mourants. De même, ils pratiquaient les sacrifices, et la religion dionysiaque, avec les bêtes dévorées crues. Mais les combats monstrueux s'ordonnaient selon l'harmonie d'un fronton, et le bras majestueux d'un Dieu y mettait fin, au nom du droit. Quant aux religions trop sauvages, si elles servaient d'exutoires, elles restaient limitées au rite lui-même ; et, même là, elles inquiétaient. Dans l'ensemble, avec toute la passion de gens qui connaissaient bien la violence, les Grecs se sont efforcés de la juguler. Ils ont dit et répété qu'elle serait un jour punie, par les dieux, par les hommes. Ils ont dit et répété qu'il fallait lui préférer la persuasion. Dans Eschyle, est-il châtiment plus cruel que la poursuite des Érinyes, attachées aux pas du coupable ? Mais est-il effort plus obstiné, plus noble, plus royal, que celui par lequel Athéna, grâce à la persuasion, obtient des Érinyes qu'elles renoncent à leur courroux pour devenir les Bienveillantes, les Euménides, et régner en paix sur une ville où désormais la loi préviendra le crime ?

Je crois que c'est cela, la civilisation, et que notre seule chance de survivre, à présent que le monde est devenu si étroit et les moyens de destruction si larges, est de recommencer le même effort, à tous les échelons, dans tous les domaines – et d'abord dans ceux qui dépendent de nous et de nos lois.

Peut-on, au reste, concevoir un État qui tolère la violence ou une société d'hommes qui l'admette dans son sein ? Je crois, quant à moi, qu'il faut lui dire non, mobiliser contre elle tous les esprits, la punir au-dedans résolument, et, s'il le faut, aller jusqu'au sacrifice de ces vies que je respecte tant, si l'on peut, par ce moyen, la rendre inefficace et la faire reculer. On peut aussi, en la prévenant et en la devançant, tenter au moins de la rendre, autant que possible, superflue.

Ceux qui n'acceptent pas cette lutte et qui ratifient la violence en tant que telle, ne le font qu'en reniant ouvertement toute la tradition du libéralisme occidental, pour la raison qu'il a échoué, et n'a rien pu faire d'efficace contre les guerres et les injustices. Quelle rapide démission, quand il s'agit d'une tâche de cette ampleur ! Quelle rapide condamnation, alors que le monde entier est engagé dans cette confrontation, chacun jouant selon ses règles, qui ne sont pas toujours, tant s'en faut, celles de ce libéralisme occidental ! À l'intérieur des pays où régnait cette tradition du libéralisme, je crois qu'il n'a pas si mal réussi que cela ; et je crois qu'il aurait plus de force pour s'imposer, au-dedans et au-dehors, si ses principes et ses lois étaient soutenus avec une fermeté accrue par la difficulté, au lieu de se dissoudre dans un humanitarisme infiniment plus désuet.

* * *

Mais, pour pouvoir arriver à ce résultat, il faut sans doute chercher un appui ailleurs. La loi est une sauvegarde, mais elle a aussi ses limites ; et sa force ne peut valoir que si elle se fonde sur une conscience vivante. Par-delà la loi et avant elle, pour garantir l'esprit dans lequel on la suivra, pour savoir délimiter les cas dans lesquels il faudrait éventuellement se résoudre à la mettre entre parenthèses, bref, pour rendre vivant ce respect de l'homme et pour renouer la solidarité de l'État, il n'est qu'un moyen. C'est le second de ceux que j'annonçais ; et, si je l'ai gardé pour la fin, c'est parce que, dans l'édifice de ce que je crois, il est, en fait, la clef de voûte.

En effet, il n'y a qu'un domaine où une action soit possible pour réveiller le sens civique, et qu'un domaine où l'on puisse agir pour rendre la violence superflue et inefficace ; c'est le seul que précisément tous les gouvernements de notre pays ont, depuis quelque temps, négligé de façon systématique ; c'est celui de l'éducation.

On a construit des écoles et des facultés – pas assez, mais on en a construit. On a tenté une réforme brutale de l'enseignement supérieur, et on en a préparé une ou deux pour l'enseignement du second degré. Mais qu'a-t-on réformé ? Des horaires, des exercices, des examens ; tout cela a de l'importance à mes yeux, parce que la survie de l'hellénisme en dépend. Mais était-ce l'essentiel ? Et qu'a cherché l'État ? On dirait presque qu'il a procédé comme pour une enquête de marché, en rectifiant selon la demande et en cherchant à plaire – comme s'il n'avait voulu qu'une chose : que l'enseignement se tienne tranquille et ne crée pas de désordres publics, qu'il n'interfère pas avec la vie politique du pays. On oubliait seulement qu'en fin de compte il la prépare.

Les Grecs croyaient à l'enseignement, à l'éducation, à la formation des hommes. Platon a même poussé cette foi jusqu'à affirmer que si on expliquait les choses aux gens, patiemment et obstinément, ils en viendraient à comprendre et à accepter son étonnant régime idéal. Ils croyaient aussi que l'éducation ne se fait pas seulement entre un maître et un élève ; mais que tous les habitants d'une cité y contribuent, par leurs jugements, par leurs propos, par leurs institutions, par les modèles qu'ils offrent. Une cité elle-même pouvait contribuer à l'éducation des autres ; et, selon une formule célèbre, Athènes se vantait d'être « une vivante éducation pour la Grèce ».

Ils y croyaient tous. Et pourtant l'éducation, chez eux, existait à peine. Il n'y avait pas d'école pour tous, pas d'enseignement organisé par l'État. Qu'auraient-ils pensé, s'ils avaient vu ce merveilleux instrument que se sont donné les États modernes : une longue formation, ouverte également à tous, contrôlée ou organisée par l'État – autrement dit une cité qui serait, pour ses citoyens, une éducatrice aux moyens immenses ?

Mais voilà : toute médaille a son revers. L'éducation dispensée à tous est à la fois moins personnelle et moins efficace. De même, l'éducation dispensée par l'État risque d'être trop unifiée et trop peu libre. Ces inconvénients ont été sentis et ont suscité des réactions. Du coup, l'on est passé à l'excès inverse, laissant l'éducation se faire ouvertement contre l'État.

Alors que le plus urgent eût été de restaurer ce sens civique qui sert de fondement à la vie collective, on a développé de façon systématique l'agitation entre les partis, à un âge où les critères du jugement sont faibles et ceux de l'expérience nuls, et l'on a ainsi achevé de tuer le peu qui en subsistait. Lancer une balle dans les vitres d'un lycée est à Paris, je le sais, une distraction parfois pratiquée et sur laquelle on ferme les yeux. Pourtant ce sont nos vitres, leurs vitres, des vitres pour lesquelles des hommes ont dû travailler. Et quels citoyens prépare-t-on ainsi ? Je ne suis même pas certaine que l'on prépare de bons partisans : ce qu'ils aiment, c'est casser ; quant au parti, s'ils changent de classe, il leur arrive d'en changer du même coup. Et quel est donc le parti qui pourrait jamais tolérer des militants aussi peu conscients ? La CGT a déjà eu quelques soucis avec les étudiants : que fera-t-elle de tels élèves ? Quant aux consultations populaires de l'avenir, elles auront vraiment fière allure, avec ces garçons et ces filles élevés dans l'irresponsabilité ! Si je n'ai pas d'enfants moi-même, je suis assez professeur dans l'âme pour avoir peur à cette pensée.

Là aussi, je voudrais un peu plus d'ordre et de courage ; je voudrais un peu plus de respect d'autrui, et d'obéissance aux règles qui en sont la garantie. Ce souhait englobe le respect de biens autrement précieux que les biens matériels, et qui ne font pas moins partie de notre communauté – comme la liberté d'opinion ou d'expression, entre autres.

Comment y parvenir ? Comment rétablir, ou peut-être instaurer, un enseignement qui soit vraiment digne de futurs hommes ? Oh ! bien sûr, je viens de parler d'ordre, de règles, de courage, c'est-à-dire de fermeté ; mais je crois ce vœu illusoire, parce que trop tardif, et inefficace, parce que trop négatif. Ce qu'il faudrait, c'est surtout

– oh ! surtout ! – reconnaître, devant l'échec manifeste des vingt dernières années, que l'éducation a un autre rôle à jouer, qui n'est pas de vendre des connaissances utiles, enrobées de couleurs plaisantes, en s'empressant de fabriquer celles qui sont le plus demandées. On a voulu faire de l'enseignement une sorte de société de consommation, où les enfants sont les clients. Fausse route ! Nous avons fait fausse route ! L'enseignement doit se confondre avec l'éducation. Et l'éducation, Platon le disait et tous les peuples l'ont mis en pratique – libéraux ou totalitaires –, a pour fonction primordiale de cultiver certaines valeurs, qui sont le mérite propre de la race humaine, et que les petits hommes ont besoin d'apprendre.

Par exemple, le respect de la vie humaine.

Par exemple, le respect de la liberté.

Par exemple, le respect de la justice.

Je dis « respect », mais je dirais tout aussi bien l'amour, la compréhension, la passion. Peu importe ! Ce qui compte est à mes yeux qu'il s'agisse bien des moindres vies humaines, de la liberté et de la justice envers tous les hommes, y compris ceux que nous n'aimons pas, et que ces sentiments soient assez forts pour soulever, chez tous, l'indignation contre certains crimes et l'angoisse devant certains moyens. Il s'agit du contraire d'un endoctrinement politique ; car respecter ces droits de l'homme, c'est pour moi être homme, au sens plein du terme, et rien d'autre. Or on ne naît pas homme au sens plein du terme : on apprend à le devenir, avec peine. Et toutes les sciences, et l'histoire, et la littérature, et les arts, et le droit, et la médecine, sont pleins de leçons qui aident à le devenir.

Toutes les mutations du monde peuvent se faire en respectant ces valeurs-là, et toutes les novations. Libre à vous, libre aux hommes. En revanche, je crois qu'aucune tentative n'a le moindre intérêt si elle les renie. Or il est en notre pouvoir de les renforcer. S'indigner naturellement contre toute faute envers l'une d'elles est une chose qui s'apprend. Admirer et sentir comme proche toute action qui les défend est aussi une chose qui s'apprend. Qui plus est, il n'y a ni difficulté ni indiscrétion à encourager et à renforcer de tels sentiments : ils sont partout. Ils sont dans les textes de presque tous les temps. Ils sont dans l'art. Ils se dégagent des sciences et de l'histoire, de la médecine et du droit. Qui plus est, ils sont déjà dans l'appel naturel de tout enfant.

Ce n'est que depuis un demi-siècle, ou peut-être un quart de siècle, qu'il y a eu, à cet égard, un fléchissement et un refus. La cause en est peut-être dans le fait que la violence, en régnant à l'échelle mondiale, aidée des progrès de la science, a fait chavirer notre confiance. Ou peut-être est-elle dans le fait que l'éducation de jadis a été transmise sans changement à trop de gens pour qui elle n'était pas faite, et qu'ainsi l'essentiel a sombré avec les accessoires destinés à sombrer. Toujours est-il que nos points fixes, mal entretenus et mal défendus, ont cédé. Et les valeurs n'ont plus trouvé de place dans un enseignement soudain devenu anarchique.

Les pressions gouvernementales ont été remplacées par les pressions venues d'en bas ; la liberté de parole a souvent disparu ; des professeurs ont été empêchés d'enseigner, du haut en bas de l'enseignement ; et toute émulation a été découragée. Les dictatures ne me plaisent pas, même quand elles sont le fait de gosses irresponsables, d'étudiants incapables, ou de parents mal informés. Et, bien que je pousse le tableau au noir, bien que tout ne soit pas perdu, bien qu'un redressement soit possible, peut-être facile, je trouve le mal inquiétant.

Je crois fermement que tout notre sort se joue en cette affaire. Ou bien l'on suscitera à temps ce que j'appelle un humanisme moderne, mais qui peut porter d'autres noms, puisque j'entends essentiellement par là une société où chacun ait à cœur le respect d'autrui ; ou bien l'on n'y parviendra pas. Mais c'est au niveau de l'éducation que l'affaire se réglera.

Certes, je n'espère pas que l'on puisse d'un coup restaurer, ou instaurer, sous une forme neuve et plus moderne, un tel idéal d'éducation. Ce qui est fait est fait ; et les erreurs, en matière d'éducation, portent sur soixante ans au moins (jusqu'à ce qu'aient fini d'enseigner ceux qui aujourd'hui étudient). Je n'espère pas non plus que cette mobilisation des esprits pour la défense d'une véritable éducation fasse aussitôt des miracles dans le domaine de la vie en commun et de la politique. On ne fera pas de chacun un citoyen ardent ; et on n'enseignera jamais à tous les hommes le respect de la vie, de la liberté, et de la justice. Il y aura toujours des esprits fermés, aigris, désespérés – et aussi, à travers le monde, des causes qui justifient ce désespoir. Mais on peut tenter, faire mieux, réagir. Qu'un courant se crée : qui donc peut prédire sa force ?

Je crois que l'éducation doit remplir ce rôle, qu'il lui appartient de jeter les bases de ce qui sera une opinion publique et une conscience commune. Beaucoup d'actes violents cherchent surtout à attirer l'attention de cette opinion : mieux éveillée et plus vibrante, celle-ci devancerait ces rappels ; moins paresseuse, moins indifférente, elle aurait le droit d'en condamner les procédés, puisqu'elle se serait à l'avance émue de ses raisons. Une conscience qui serait celle de l'opinion publique, cela peut exister. Et l'opinion publique a souvent prouvé que, par sursauts, elle savait y accéder, avec une sagesse surprenante et une générosité imprévue. Il faut seulement l'y encourager. En notre époque de mass media, est-ce là un espoir à tel point déplacé ?

Le mot même de mass media rappelle, au reste, que la presse a aussi son rôle à jouer dans cette mobilisation : est-elle jamais autre chose qu'une éducation continuée ? Mais la presse s'adresse à des adultes. En outre, elle est engagée, divisée selon les partis ; elle exige donc une formation antérieure solide, où soient d'abord appris, assimilés, reconnus, les quelques grands principes qu'aucune société ne saurait renier. L'école devrait être la découverte de l'universel, et la presse offrirait alors les exercices d'application.

Au moment où les femmes accèdent enfin à une citoyenneté complète, leur rôle devrait être d'aider à réclamer la promotion d'un tel esprit. Elles savent toute l'obstination et la patience qu'exige le développement d'un enfant. Et peut-être sont-elles, par nature ou par habitude, moins normalement portées à la violence et à la destruction. Des siècles de soins ménagers leur ont au moins appris cette forme de responsabilité : les ménagères n'aiment pas casser. Espérons qu'elles sauront communiquer ces vertus aux hommes. Elles n'aiment pas non plus la guerre : Aristophane le savait bien.

En tout cas, pour moi, si l'Église, la famille, l'école, renoncent en même temps à transmettre et à fortifier les quelques valeurs que j'ai dites, elles sombreront, et nous avec. Par nous, j'entends, naturellement, les hommes de demain.

On m'excusera d'être sur ce point quelque peu grandiloquente. Ce n'est pas dans mes habitudes. Mais j'ai enseigné toute ma vie ; et, pour une fois, je sais ce dont je parle.

Je sais, par exemple, et très bien, ce qu'éprouve une classe à qui l'on fait lire le récit de la mort de Socrate. Cet homme si serein, si injustement condamné, et qui meurt, éveille en chacun un sens aigu de l'injustice. Élèves ou étudiants, leur regard, leur port de tête, leur silence, tout confirme qu'à leurs yeux faire souffrir un innocent s'avère ce jour-là un scandale inadmissible. Ils sont droits. Ils sont fiers. Même s'ils n'ont pas très bien compris les détails du texte, ils sont devenus plus sensibles, pour leur vie entière, à l'injustice.

De plus, Socrate pourrait ne pas mourir. On lui offre de s'en aller. Et il refuse, parce qu'il se veut fidèle aux lois de la cité qui l'a nourri, puis élevé, et dont, en y vivant, il a tacitement accepté les règles. On ne peut pousser le civisme plus loin. Il est probable, même, que ni les enfants qui lisent le texte, ni leur professeur, ne comprennent véritablement que l'on puisse aller si loin. Mais l'étonnement que suscite un tel choix laisse au cœur un rien d'admiration, d'incertitude, d'émulation. Il se colore, selon les cas, de respect religieux (car Socrate était religieux), ou bien du respect de la libre-pensée (car Socrate était philosophe, et non conformiste). De toute façon, sa mort ouvre le passage à toute une série de sentiments et d'idées, qui donnent une dimension de plus à la vie humaine.

Enfin, cette dimension se découvre en commun – comme un trésor précieusement partagé. Les regards, ai-je dit, sont fiers, émus. Ils sont aussi étrangement semblables chez tous. Peut-être est-ce la même connivence qui se lisait dans nos regards, quand, pendant l'Occupation, nous avions reçu, de nos postes en sourdine, une même foi dans la libération future. Une classe, c'est aussi un endroit où, dans certains cas au moins, on peut dire « nous » – parce que, là aussi, on partage un certain idéal qui se situe hors du quotidien et le transcende.

Au reste, cette leçon se retrouve bien au-delà de la classe : ce n'est pas moi, c'est l'Américain Steinbeck qui a, dans un petit livre du temps de guerre, montré ce que ce souvenir de la mort de Socrate peut apporter comme aide à un homme qui, à son tour, doit accepter une mort injuste avec dignité et en pensant aux autres.

Par cet exemple, je plaide en passant pour le grec, et pour ce que de tels textes, venus de si loin, si décantés, si désengagés, apportent à la sensibilité et à la pensée. Mais le grec n'est rien de plus qu'un exemple qui m'est cher ; et il est bien d'autres voies qui mènent à cette formation de l'homme. Elles sont diverses. Elles peuvent se compléter. Mais elles passent toutes par l'enseignement, et par un enseignement qui, dans l'esprit qui l'anime, avoue et accepte cette mission.

On ne sauve pas les hommes malgré eux, mais on peut, sans difficulté majeure, les rendre capables de se sauver eux-mêmes. Et je crois qu'il serait grand temps d'y songer.

III

Le Simoïs aux tourbillons d'argent

« Il y a quelque temps, à l'usine, un bonhomme pendant une demi-heure a dénigré la culture ; moi je pensais : cet homme veut me prouver qu'un sabot vaut mieux qu'une botte. En voilà, des professeurs ! Il faut leur tirer les oreilles, à ces gens-là… »

GORKI,
La Guerre et la Révolution

Il m'est arrivé jusqu'ici de citer divers exemples de textes grecs. Je me rends bien compte, pourtant, que les Grecs n'avaient pas le privilège des sentiments qu'exprimaient ces textes : on n'a pas besoin des Grecs pour aimer la vie, pour avoir le sens civique, ou pour s'indigner de la mort d'un innocent. Socrate n'est point le seul juste injustement mis à mort : il s'en faut ! Il y a donc lieu d'avouer enfin pourquoi ces textes me sont si chers et à quoi tient ce mérite qui me les rend irremplaçables.

Or la première raison est qu'ils existent. Les Grecs ont, en effet, exprimé ces sentiments. Et ils les ont exprimés de façon si simple et si forte qu'ils ont su nous les rendre présents. Tout est là. Car, s'il est une chose au monde en laquelle je crois, et sans réserve, c'est sans nul doute la littérature. Je crois aux joies et aux leçons qu'elle donne. Je crois aussi à l'aide qu'elle peut apporter dans les rapports entre les hommes et à l'importance qu'elle doit garder – avec la culture, dont elle fait partie – dans toute société humaine.

* * *

La vie me semble belle, je l'ai dit ; mais la littérature lui ajoute tant de dimensions diverses, l'enrichit de tant d'harmoniques, l'élargit et la transpose si librement qu'à chaque minute je m'en émerveille.

L'autre jour, à Paris, il faisait très chaud. Je dépouillais en hâte un texte d'Euripide, dans lequel je cherchais certaines preuves relatives à l'emploi d'un mot de caractère politique. Dans la moiteur de mon bureau aux stores baissés, des mots ont soudain accroché mon attention : « Le Simoïs, avec ses tourbillons d'argent ». L'expression n'était pas rare, ni remarquable. Homère et Hésiode employaient déjà, pour d'autres fleuves que le Simoïs, un adjectif qui, d'un seul mot, signifiait « aux tourbillons d'argent ». Mais peut-être est-ce parce qu'il faisait si chaud en ce mois d'août parisien, ou bien parce que le mot, décomposé en ses éléments, éclatait dans l'ouverture d'un chant lyrique : toujours est-il que j'ai soudain vu, présents, proches et chatoyants, ces tourbillons de l'eau vive et son éclat mobile. J'ai senti sa fraîcheur. J'ai eu sous les yeux ses reflets. J'ai perçu la générosité de ce cours limpide et précipité. Et je me suis arrêtée un instant dans mon travail, ravie.

Ce n'était pas seulement comme d'être au bord de cette eau bondissante et claire. Nous avons tous vu des cours d'eau. Dans la meilleure hypothèse, nous avons eu l'impression que c'était propre et joli, ou qu'il était bien agréable d'être en vacances, loin des villes. Mais là, c'était différent. D'abord – premier miracle –, le cours d'eau était en pleine ville, dans mon bureau, chez moi ! Et surtout il m'était donné dans sa grâce même – tel que je n'aurais pas su le voir, et encore moins le faire voir. Il m'était donné, en deux mots, dans une révélation immédiate.

Que ce fût le Simoïs – ce fleuve dont j'ai sur certains la supériorité de savoir que c'est un fleuve de Troade, mais dont j'ignore le cours et l'aspect, et qui n'évoque guère pour moi qu'un pays lointain, connu à travers les poètes – ajoutait encore au miracle de sa présence soudaine dans mon appartement surchauffé. Et j'eus un instant d'amusement à imaginer que tant de gens, en ce mois d'août, étaient en voyage, visitant la Grèce, visitant l'Asie Mineure, que peut-être, en un lieu de moi inconnu, pressés de chaleur eux-mêmes et assez peu intéressés, certains se faisaient expliquer que ce fleuve, là, devant eux, maigre sans doute, mais large si l'on veut, et encombré de roseaux, était l'ancien Simoïs... Pourquoi ne pas rêver que des touristes fatigués songeaient à s'y laver les pieds, pour se détendre un bref instant, ou bien demandaient à leur guide si l'on avait le temps d'aller là-bas, dans ce village, boire quelque chose d'un peu frais ? S'ils y étaient, ces touristes, ils ne voyaient certainement pas le Simoïs : le Simoïs était chez moi, n'appartenait qu'à moi, grâce à deux mots d'il y a vingt-cinq siècles : « ses tourbillons d'argent ». Euripide, au reste, n'avait pas vu le Simoïs : il avait vu d'autres fleuves, et il avait lu Homère.

Et cela ajoutait aussi aux délices de l'expression, que cette fraîcheur brillante de l'eau me vînt de si loin, qu'elle eût fait rêver d'abord Homère, puis Euripide, et qu'ainsi mon propre plaisir fût coloré de la pensée que je le partageais avec des hommes d'un passé si reculé et de sentiments si différents : comme un bijou intact au fond d'une tombe très ancienne, la merveille des eaux vives devenait plus émouvante d'avoir ainsi traversé le temps. Elle se purifiait, s'immobilisait quelque part pour toujours, comme un trésor fixé dans sa vie même.

Enfin, tout au fond de ce plaisir fugitif, il y avait, je crois, l'étonnement toujours renouvelé devant l'invention du langage et ses sortilèges : l'idée que tout passe et se brise, que l'on se bat, que l'on se querelle, que l'on détruit, mais que les hommes ont aussi inventé cet instrument unique, qui leur permet de se passer les uns aux autres ces trésors tellement plus réels que la réalité, d'abattre tous les cloisonnements de l'espace et du temps, de saisir, une fois pour toutes, les objets évanescents de leur environnement ou de leur rêve – bref, de faire entrer chez moi, à Paris, en ce mois d'août 1974, le Simoïs avec ses tourbillons d'argent.

Qui d'autre aurait pu y réussir, et comment ? Certes pas la description lourde d'un voyageur peu doué pour l'écriture. Et d'ailleurs, quel voyageur ? Euripide, je le répète, n'avait pas vu le Simoïs ; et ces tourbillons ne caractérisent nullement le fleuve de Troade. La photographie ne pourrait pas plus saisir ce bref éclat de vie, à supposer qu'il fût là : elle nous montrerait, je pense, un fleuve, de l'eau, peut-être des taches blanches, immobiles et figées. Pour exprimer ces tourbillons d'argent, il faut la transposition d'un créateur ; et parmi tous les modes d'expression, la création littéraire me paraît la mieux placée. Un peintre impressionniste, ou, mieux encore, un cinéaste, pourrait traduire la même sensation – mais alors en nous donnant l'image complète de ce fleuve, puis en en déformant subtilement l'aspect pour attirer notre attention. Que de frais ! La musique, inversement, peut très bien dire la fraîcheur des fontaines, ou jouer à suivre la truite dans les remous d'une eau claire ; mais alors elle ne retiendra que l'impression secrète, sans l'accrocher à un univers cohérent, ni à une pensée suivie. Et, ici encore, que de détours pour parvenir à ce résultat ; que d'importance donnée à cette impression ! Au lieu qu'avec deux mots seulement, deux mots que chacun peut lire, quand il veut, où il veut, dans le bruit ou le silence, seul ou avec d'autres, avec deux mots qui ne comptent pas et qui glissent au détour d'une phrase, en passant, voici tout vivant, qui vous attend, qui vous rejoint, ce Simoïs avec ses tourbillons d'argent.

Tel est le privilège de la littérature. J'ai cité cet exemple parce que l'émoi qu'il évoque fait comme un petit coin de fraîcheur dans le souvenir récent de journées pénibles, mais aussi parce que, même en cherchant, je n'aurais pu en trouver qui soit plus modeste.

Ce Simoïs intervient dans le passage d'Euripide un peu comme une formule – comme il dirait, sans plus, « le fleuve Simoïs ». Et cette impression d'eau vive, même dans sa force première, ne réclame de personne une sensibilité particulièrement riche. C'est de l'eau, après tout : rien de plus.

Mais il n'est pas de niveau où ne puisse se hausser soit la richesse des évocations soit le plaisir privilégié de leur qualité littéraire.

Attendrait-on de moi que je dise tout ce que peut faire vivre la littérature ? La littérature même de tous les temps et de tous les pays n'y suffirait pas, puisqu'il s'agit du réel et de l'irréel, des espoirs, des craintes, et de tous les mondes imaginaires. Susciter tout cela est une de ses fonctions. Et le fait est qu'un roman policier ou un récit de science-fiction, un récit sentimental ou, pour d'autres, érotique, apportent déjà, selon les goûts, ce petit complément que réclament des vies trop limitées. Mais ce que j'appelle littérature commence là où cette distraction se double d'un soudain mouvement qui nous fait regarder au-delà, plus haut. Un ménage, au dîner du soir, discutaille ; ou bien encore les époux dînent en silence, chacun mêlant ses agacements privés à l'agacement réciproque engendré par le temps et les difficultés quotidiennes ; et puis ils vont ouvrir « le poste », pour faire entrer chez eux un peu d'une autre vie. Mais on peut aussi supposer qu'ils ne sont pas incultes, qu'ils aiment lire de bons vieux livres, au rythme de leur rêve : dans ce cas, lui, dans un instant, sera Werther, ou Roméo, et elle Anna Karénine. Il n'y aura pas d'amour plus ardent que les leurs... C'est cela que j'appelle regarder au-delà. Car toutes les passions dont nous sommes capables, bonnes ou mauvaises, mais en tout cas extrêmes, et par là même pures, peuvent être exprimées et beaucoup l'ont été. Les voies nous en sont ouvertes, variées, éclatantes. Et les voies des idées aussi. Tant d'attitudes d'esprit ont été essayées avant nous, depuis le mysticisme le plus passionné jusqu'au rationalisme le plus exigeant ou à la négation la plus résolue, tant d'appels et de réponses, tant d'analyses et de synthèses, que nous pouvons, le soir, dialoguer avec Dante ou Montesquieu, chercher nos amis, les suivre à notre cadence, au lieu d'échanger nos petites idées avec les gens de notre entourage. Et pour nos colères ou nos espérances, de grands mythes, éprouvés par la sensibilité de générations d'hommes, exprimés et réexprimés dans leur force toujours nouvelle, sont là qui attendent de nous emporter sur leurs ailes. La littérature fait éclater les limites imposées à l'homme.

Sa force est dans la transparence et la magie avec laquelle les écrivains, les vrais, savent faire passer leur expérience.

J'emploie en hésitant ce mot de « transparence ». Il veut dire pour moi que l'objet ou le sentiment s'impose à nous directement, sans scorie ni bavure. Mais il n'évoque pas, n'en déplaise à Stendhal, le langage du Code civil, ni l'absence d'harmoniques, tout au contraire.

En fait, cette transparence, pour moi, implique un art, et inclut les niveaux les plus différents.

Elle exige d'abord la précision, la variété, la densité des mots eux-mêmes – tout comme on fait une musique plus riche avec un clavier plus étendu et mieux accordé. Aussi, j'aime les mots. J'aime leur charge cachée d'étymologie et d'histoire, l'allure morale ou sociale que leur a conférée l'usage des auteurs. J'aime leur diversité. Et peu d'anecdotes me charment autant que celle que nous conte Pagnol, racontant comment, dans son enfance, il se faisait en secret, sur un carnet, un trésor de mots.

Et puis cette transparence suppose un art de choisir, la souplesse, la rigueur. Elle suppose surtout une réceptivité passionnée à ce qui veut être dit, et qui est différent, nouveau, difficile à saisir. J'ai vécu, à longueur de journée, le lent apprentissage de ce que signifie une telle maîtrise. Comme traductrice, j'ai lutté, obstinément, pour tenter de rendre, en une autre langue, la richesse d'une expression à l'origine parfaite. Je me suis irritée des échecs. Mais cette irritation se doublait d'un émerveillement sans cesse renouvelé devant l'art de ce modèle, que la différence même me montrait avec plus d'évidence. Comme professeur aussi, j'ai tenté, jour après jour, de faire sentir à mes élèves le prix de cette limpidité, en apparence si naturelle. Lire une page de Platon ou de Voltaire, et demander à un élève, ou bien à un étudiant, de les résumer ou de les récrire, est une expérience à la fois cruelle et exaltante : entendre cette suite de redites, de mot pâteux, de phrases monotones, de piétinements intellectuels, semés de petits illogismes, alors que l'on a sous les yeux cette précision et cette rigueur, ces finesses aussi, comme des sourires entremêlés à la pensée et témoignant d'une présence humaine : quelle leçon éblouissante ! Quant à l'expérience d'écrire, hélas, il faut s'y risquer comme je fais en ce moment pour découvrir les déboires dont elle regorge…

Mais les vrais écrivains, eux, arrivent à la transparence. Et cette transparence s'applique à tout.

Elle commence lorsqu'un auteur nous livre, dans une évidence désormais nôtre, une présence concrète, mêlée au sentiment que cette présence a suscité en lui, et qui lui donne tout ensemble sa couleur affective et ses prolongements.

Cette présence n'est pas forcément simple ; et la transparence de la suggestion ne suppose en aucune manière la clarté de son contenu. Un exemple ? Voici une image brutale, enfermée en quelques vers d'Eschyle : c'est une image de désordre et de confusion. Il s'agit de la bataille navale de Salamine et des guerriers perses qui y meurent ; et Eschyle, dans les *Perses*, écrit que les Grecs « comme s'il s'agissait de thons, de poissons vidés du filet, frappent, assomment, avec des débris de rames, des fragments d'épaves ! Une plainte mêlée de sanglots règne seule sur la mer au large, jusqu'à l'heure où la nuit au sombre visage vient tout arrêter[1] ». La force des mots entrechoqués m'impose, sans que rien fasse écran, la vision même de la tuerie ; et la façon dont la fin s'élargit soudain m'impose un sentiment de deuil et de pitié, qui dépasse le cadre

1. Eschyle, *Les Perses*, 424-428.

de la lutte engagée. Faut-il s'étonner, après cela, que l'on parle encore aujourd'hui de cette bataille de Salamine ? Elle compte moins comme événement que comme présence littéraire. Hérodote et Eschyle nous l'ont rendue proche. Par la grâce du style, elle l'est ; elle le demeure. Et, même si l'on ne fait plus de grec dans nos lycées, les *Perses* d'Eschyle étaient, il y a quelques années, l'objet d'une émission spéciale à la télévision.

Encore l'exemple que j'ai choisi est-il très limité ; et la confusion du combat ne vient que couronner la clarté de la stratégie. Mais étendons la confusion, étendons l'ampleur des moyens littéraires ; et l'on aura la bataille selon Stendhal, ou la guerre selon Tolstoï – c'est-à-dire l'évocation d'un monde complexe, où tout s'entrelace et nous dépasse. Même cela peut être exprimé avec une saisissante transparence.

Cependant, parlant de stratégie, j'en arrive déjà à une seconde forme de transparence, qui nous livre, non pas une présence concrète et affective, mais des idées.

La clarté de l'expression est, en ce domaine, plus aisée à définir, et aussi plus nécessaire, dans la mesure où les concepts réclament la cohérence. Mais, même en ce domaine, la transparence ne se confond nullement avec la clarté de phrases toujours dominées et d'une logique sans faille. Il y a une transparence de l'aventure intellectuelle. On voit alors le style qui soudain hésite et se cabre, aux prises avec la tâche terrible de traquer le vrai dans sa diversité. Je ne pourrais pas avoir passé quarante ans de ma vie en contact avec les analyses exigeantes de Thucydide et ses phrases heurtées, sans trouver émouvante aussi cette transparence de l'effort.

Il n'est pas jusqu'au mystère envoûtant de la poésie que je n'appellerai transparence : quand des mots se rencontrent, et, d'eux-mêmes, avant aucune logique, font jaillir l'image ou le sentiment, quand leurs sonorités deviennent tendres ou éclatantes, agissant sur nous comme autant d'instruments de musique, quand leur rythme leur donne cette perfection cristalline qui évoque, à mes yeux d'helléniste, un parler de dieux, alors, le miracle de l'expression littéraire arrive à sa plénitude. Quand je tombe, dans les tragédies grecques, sur ces lourdes formes doriennes réservées aux parties lyriques, bien que je ne sache pas prononcer le grec ancien, et bien que le sens soit encore à venir, déjà une partie de moi s'engage sur la voie d'une contemplation émue et solennelle. La transparence surgit, avant le sens.

Je crois très sincèrement que goûter ces plaisirs et en apprendre le secret aux autres est une des beautés de la vie. Je crois qu'ils sont bons. Je crois enfin qu'être parvenu à les susciter, avoir inventé le langage, l'art, la poésie, la précision de la pensée, et la richesse des rêves, devrait être la fierté constante des hommes.

Et il ne s'agit pas de simples plaisirs, qui passent. Car il n'est pas de sensation ou d'idée qui ne soit nourrie des textes que nous avons lus.

Dans mon jardin de Provence, je m'enchante d'écouter les cigales. En fait, ce bruit peut plaire à chacun comme un symbole de l'été ; mais il est probable que, pour moi, s'y mêle le souvenir de toutes les cigales chantées par les Grecs, y compris celles du *Phèdre* de Platon, où il est dit qu'elles étaient des hommes, qui se sont laissés mourir de faim et de soif pour le plaisir de la musique, et qui servent maintenant les Muses. Naturellement, je ne suis pas si pédante que ce souvenir soit conscient ; mais quelque chose m'émeut, qui rend les cigales, tout de suite, plus précieuses. Et que dire des asphodèles ? La première fois que l'on m'a montré cette plante sans grande beauté (pourtant plus belle que le chant des cigales, qui, finalement, n'est guère plaisant !), à cause de son nom elle m'a aussitôt touchée : plante des morts, liée aux rêves de l'au-delà chez les Grecs, mais aussi plante dont le nom hantait de son mystère mes souvenirs d'enfant, simplement parce que l'on m'avait appris le vers de Victor Hugo : « Un frais parfum sortait des touffes d'asphodèle. » Je doute un peu de l'existence de ce frais parfum ; mais il était resté attaché pour moi aux sonorités de ce mot qui tremblait en fin de vers. Et les ombres du soir ? Suis-je sûre que je ne les vois pas mieux s'allonger, simplement parce qu'autrefois c'est dans Virgile que j'en ai découvert la lente et sombre progression : d'avoir été bercée des musiques virgiliennes me rend ces ombres plus amies.

Poussons le cas à la limite : lorsque ma petite bonne, il y a bien des années, avait été engrossée par un militaire, et qu'elle téléphonait devant moi et lui disait : « Popaul, tu es cruel ! », eh bien, je vous assure, ce demi-alexandrin couronné de ce mot racinien mesurait la distance avec Phèdre et Hermione, mais en même temps les appelait vaguement à la rescousse et m'attendrissait. J'en ai peut-être été bien plus gentille avec la fille.

Il va de soi, cependant, que cette patine littéraire, si précieuse pour moi, a quelque chose de rare et d'un peu décadent. J'aime les gens qui y sont sensibles, mais je ne plaiderai pas pour en multiplier le nombre. Je cite donc ces exemples, d'abord par loyauté, et puis surtout pour suggérer par là des présences plus importantes, mais si bien assimilées qu'on ne les perçoit même plus. Car, je n'hésiterai pas à le dire, je crois que la littérature contribue très largement à faire l'homme.

Dans le domaine des études, les connaissances et les méthodes se sont à ce point perfectionnées que la rigueur des sciences a peu à peu été étendue aux lettres, et n'a plus cessé de rogner sur ce qu'elles avaient de spécifique. Les Facultés des Lettres (ou bien, comme on disait parfois, « des Lettres et des Arts », se sont un beau jour appelées Facultés des Lettres et Sciences humaines ; et bientôt seules les disciplines se réclamant de ce second terme ont vu se développer leurs crédits financiers ainsi que leurs auditoires. Nous avions souhaité, à la section de grec, que parmi nos certificats figurât un certificat facultatif portant sur l'Histoire de la littérature grecque : on nous a conseillé, si nous voulions voir cette création acceptée, de noyer ce vilain mot de littérature sous des vocables plus à la mode : ce certificat existe aujourd'hui ; il s'appelle (modestement !) « Histoire des formes et structures de la littérature grecque ». J'ai assisté à une réunion de présidents de sections du Comité consultatif des

Universités, où il était question de débaptiser la section de Littérature française (rien que cela !) pour l'élargir en « Sciences de la communication ».

Mais cette mauvaise presse de la littérature dans le domaine de l'enseignement est un mal de moindre envergure que la crise subie par la même littérature au sein des autres formes d'expression. Là aussi, le progrès lui nuit. Nous avons inventé coup sur coup, non seulement la photographie et les projections, mais le cinéma, la télévision, les transistors, les mini-cassettes. Nous avons ouvert le règne de l'audiovisuel. En même temps, nous avons réussi à élargir, d'un bond assez brusque, une culture autrefois réservée à un petit nombre. Ces deux progrès sont bons et peuvent nous rendre fiers. Mais il faut reconnaître aussi qu'ils retentissent sur toutes nos habitudes, et mettent en question la littérature en tant que telle.

Si l'on considère la conquête ainsi faite, il y a de quoi être enthousiasmé – et même au nom de la littérature. Non seulement de nouveaux moyens d'expression sont nés, plus riches et plus variés ; mais ils peuvent soutenir l'écrit, le répandre, l'imposer. J'ai parlé de la représentation des *Perses* d'Eschyle qui fut donnée à la télévision : comment imaginer que des milliers d'heures d'enseignement, de propagande, de commentaires, aient jamais fait autant pour diffuser cette œuvre et la rendre accessible ? En plus, l'art du cinéma a désormais acquis des moyens matériels très vastes, qui lui permettent d'en jouer comme de vrais moyens d'expression, c'est-à-dire avec subtilité, en employant des symboles, en établissant des nuances, et aussi ce recul par rapport à notre vie individuelle qui est le propre de tout art. Il peut donc être une initiation à l'art de s'exprimer, en tant que tel. Tout cela, nous l'avons. Nous ne pourrions plus nous en passer. Je m'imagine assez mal sans ces diverses conquêtes.

Le seul risque est qu'elles tournent à l'impérialisme, et que la facilité de tout montrer – et à tout le monde – altère peu à peu notre goût, et notre jugement.

Dans le domaine littéraire lui-même, c'est un fait que le témoignage tend un peu à supplanter l'œuvre. Je suis de mon temps, quoi qu'il semble (étant professeur de grec, je me crois obligée de le répéter à chaque fois !). J'aime les livres documentaires. J'aime être au courant. J'aime les faits, les visages et les voix d'hommes réels. Pourtant, au bout du compte, je ne suis pas sûre que ma vie soit vraiment enrichie par tant de témoignages. J'aimais mieux les « romans » que les « récits ». J'aimais mieux les historiens brillants, comme Gibbon ou Michelet, que les compilations de documents souvent réalisées par des équipes. Et je me rappelle toujours, à propos d'histoire, que Xénophon, qui a dû voir le retour d'Alcibiade à Athènes, ou connaître cent témoins de ce retour, nous en laisse un souvenir tout pâle, auquel je ne crois pas, tandis que Plutarque, environ cinq siècles plus tard, me le rend, avec éclat, présent et inoubliable. La facilité de la documentation en développe le goût, aux dépens de l'art d'exprimer.

Et pourtant l'art d'écrire existe bien, de nos jours : il faudrait être plus injuste que je ne suis pour ne pas le reconnaître. Mais c'est un fait, aussi, que, par contrecoup, il tend un peu, en France, à devenir un art pour initiés. Laissant au grand public le cinéma, la télévision, les documents journalistiques, il tend à s'enfermer dans des recherches de pure forme, d'accès difficile, voire même ésotérique. Sous prétexte d'aller plus loin dans son effort pour saisir la confusion même du réel, il abdique tout souci de logique, mais aussi de transparence. Au moment même où la masse accède à la culture, la littérature devient trop souvent un art pour cénacles – comme si les grands moyens de diffusion l'avaient peu à peu chassée hors des voies communes.

Il s'écrit, il s'imprime, il se traduit, il s'adapte, il se filme, il s'enregistre tant de choses, de nos jours ! On ne peut demander que l'art soit toujours présent. Si l'on veut bien me permettre de revenir une fois de plus à mes Grecs, ils nous aident peut-être à comprendre une telle crise. Car la qualité de leurs œuvres tient sans doute pour une part à la jeunesse de leur civilisation. Ils venaient à peine d'utiliser cette belle invention qu'est l'écriture ; ils n'avaient ni papier, ni imprimerie. Écrire supposait donc pour eux un acte grave et solennel. Ils ne le firent d'abord que pour des textes en vers – à tout seigneur, tout honneur ! Et l'on comprend qu'ils aient gardé, même au Ve siècle, le respect de leur tâche et de leur public. En plus, ils savaient peu de chose du monde ; et tout ce qu'ils pouvaient dire sur l'homme était nouveauté et découverte. Ils étaient donc à l'abri de ces trois tentations qui sont la hâte et le souci documentaire, ou bien, à l'inverse, un raffinement d'initiés dans la recherche de la nouveauté. Ces trois tentations, au contraire se présentent à nous dans toute leur force.

Et puis enfin, si bien qu'elle fasse, la littérature a maintenant à soutenir une concurrence pour le moins inégale. L'image et sa fascination devraient l'aider et le font quelquefois. Mais, dans la pratique, elles tendent surtout à l'éliminer. Des gens s'étonnent, même, d'apprendre que telle œuvre, adaptée à l'écran, existe aussi sous forme d'écrit : ils sont prêts à trouver naturel que l'écrit soit le reflet, né après coup, des images qui, elles, se sont imposées à eux, et souvent chez eux. Et l'on peut se demander si le règne de l'audiovisuel constitue, en définitive, pour la littérature, l'allié qu'il pourrait être, ou bien son remplaçant et son successeur.

Je m'inquiète, je l'avoue, quand je constate que cette abdication possible de l'écriture risque d'atteindre le langage lui-même. Je m'inquiète lorsque j'entends dire, et répéter, que les élèves des lycées ne lisent plus les textes français, et, s'ils essaient, ne les comprennent plus. Je m'inquiète d'apprendre que leur distraction se limite aux bandes dessinées. Et je suis accablée d'entendre l'incorrection et la gaucherie de leurs exposés, ou de ceux que leurs aînés nous offrent sur les ondes.

L'on me dit que cela ne fait rien, que nous entrons – c'est la formule – dans une civilisation orale. Très bien : nous y entrons. Mais il se trouve que je suis, moi l'helléniste, une des rares à savoir ce qu'implique une telle notion. Car une civilisation orale existait à l'époque homérique. Or c'est l'époque où les aèdes inventaient, pour le plaisir de ces analphabètes, la plus belle épopée du monde. Ils n'avaient pas l'écriture, mais ils avaient la mémoire. Même à l'époque de la Grèce classique, cette mémoire respectueuse et passionnée des textes littéraires demeurait si vivace que nous pouvons à peine nous la représenter. Ces gens écoutaient une tragédie, une seule fois, en même temps que plusieurs autres; et, dix ans après, ils riaient de la moindre allusion, de la moindre parodie, portant sur un effet de style audacieux de cette tragédie. S'ils n'avaient pas reconnu ces allusions, Aristophane en aurait-il truffé ses comédies ? Or ce retour à la civilisation orale, que l'on nous offre maintenant, s'accompagne, dans notre enseignement, du refus d'exercer la mémoire. Les enfants ont pourtant tant de facilité à retenir des textes par cœur ! Et, même s'ils les oublient presque aussi vite qu'ils les apprennent, il reste quelque chose de ce passage des textes en eux : un meilleur langage, une image à demi perçue, la possibilité, un jour, de dire, en cherchant au fond d'eux-mêmes : « Cela me rappelle... » Dans nos souvenirs en mini-cassettes, rangés et remisés, quel lien vivant permettra-t-il jamais de dire : « Cela me rappelle... » ?

On le dira sans doute encore pour des images ou pour des sons : notre mémoire, ici, s'entraîne sans effort, dans la multiplicité même des occasions qui lui sont offertes. Mais ce répertoire-là, fût-il le plus riche du monde, ne compensera jamais pour moi, même de loin, la perte irréparable que représentent déjà la décadence de la lecture et celle de l'écriture.

Les images fascinent, requièrent. Ou bien soudain elles ne fascinent plus. On reste à béer, passivement, devant un poste de télévision ; et puis on engage la conversation et on oublie de le fermer. Ou bien on est assis dans le noir d'une salle de cinéma, médusé, et soudain l'on s'occupe de ses voisins, ou bien de son voisin, de sa voisine, quand ce n'est pas d'un « esquimau-chocolat glacé ». La lecture, elle, se fait librement, mais ne se fait pas sans attention. Elle peut être difficile. Elle permet les retours en arrière. La lecture est active ; et, par là, elle implique déjà une forme de participation plus personnelle et plus nuancée.

Quant à sa réciproque, l'écriture, je crois de tout mon cœur qu'elle est le seul garant de la précision intellectuelle. Car, de même que la solennité d'une écriture rare et coûteuse ajoutait au prix des écrits, de même l'art de s'exprimer n'a jamais la même pureté quand il n'aboutit pas à la formulation écrite, en noir sur blanc, et acceptée comme définitive. On préfère, dans nos lycées, les « débats » aux dissertations. Et l'on a sans doute raison, dans la mesure où l'on réagit par là contre une certaine rigidité des classes d'autrefois, où les élèves, muets, se contentaient d'écrire avec ennui des choses auxquelles ils ne croyaient pas. De même, les face-à-face de la télévision engagent plus vivement les hommes que les manifestes écrits. Mais – qui ne le sait ? – l'expression orale se cherche, titube, et s'embarrasse. Elle est imparfaite et imprécise : déjà le premier essai pour en tirer une phrase écrite atténue cette imprécision ; et lorsque l'on a corrigé, pesé ses mots, simplifié, trouvé enfin la transparence, on mesure la différence, et le gain intellectuel. Cela sans parler de la valeur morale d'un tel effort pour tirer de soi quelque chose, chaque fois, d'un peu meilleur et pour conquérir enfin l'objet ou la pensée qui se refuse à nous. De même que les bons discours et les bonnes improvisations ont été précédés de notes écrites et puis détruites, de même une bonne civilisation orale se nourrit avant tout de textes écrits et lus, difficilement écrits et attentivement lus, parce que tel est le domaine où se perfectionne l'expression.

Nous sommes donc à la croisée des chemins ; et tout dépend de notre choix (avec, ici encore, une partie importante qui se joue dans l'enseignement) : ou bien les conquêtes de l'audiovisuel élargiront les moyens d'expression, étendront le domaine de l'art, le rendront accessible à des masses de plus en plus grandes ; ou bien leur puissance, si l'on n'y prend pas garde, chassera l'art, l'écrit, la parole et instaurera, non pas une civilisation orale, mais tout bonnement, la barbarie.

Le mot sonne peut-être exagéré. Et ce n'est pas la première fois que je le risque : je crois qu'il correspond assez exactement à la réalité.

* * *

Je ne saurais me résoudre à ce risque, quand bien même la littérature ne nous apporterait que le plaisir gratuit de l'art. Mais je crois de façon très ferme qu'elle peut jouer dans nos sociétés un rôle des plus importants, et précisément là où des constats anticipés de faillite cherchent parfois à faire d'elle une sorte de bouc émissaire – à commencer par le problème de la communication.

Que celle-ci soit difficile, ou même impossible, est un des thèmes qui hantent aujourd'hui la sensibilité de bien des hommes. Et, parmi les raisons invoquées pour justifier cette incapacité, figure parfois l'imperfection du langage lui-même – qui est l'outil de la littérature.

Je ne veux pas parler de la pluralité des langues, qui peut être une gêne pratique, mais touche peu la littérature. Je vise un fait plus grave. Nous sommes, en effet, à l'époque des théories sur le langage, qui en montrent, en général, le caractère relatif, sommaire, et arbitraire. Le plus inculte de nos jeunes déplore à qui veut l'entendre la marge irréductible qui sépare le signifiant du signifié... Loin de moi l'idée de critiquer ces analyses – dont je dirai seulement, entre parenthèses, que le vieux sophiste Gorgias leur avait, au Vᵉ siècle avant J.-C, ouvert la voie. Au reste, et avant même toute théorie, c'est une expérience commune que l'on ne dit jamais tout ce qui est, et que le langage, passant par des concepts, durcit, choisit, fige, fausse.

J'en suis d'accord. Je le sais. Mais, si cela fixe une limite, elle me paraît se situer assez loin ; et surtout, de tous les langages, celui de la littérature me paraît le seul qui soit capable et de s'en approcher et, peut-être, de la franchir.

En tout cas, le refus actuel de jouer des richesses du langage me semble un échec pitoyable.

Au lieu, en effet, de tirer de cet instrument, voué à l'imperfection, les meilleurs résultats possibles, au lieu de l'améliorer de notre mieux, au lieu de cerner les différences, nous affectons de les refuser. Nous nous habituons à dire, quelle que soit l'occasion :

« C'est marrant » ou : « C'est au poil », voire, dans les cas extrêmes : « C'est drôlement vache. » Par un détour caché, je crois bien que cette simplification du langage parlé est souvent l'effet détourné d'une aspiration à communiquer. On y a recours comme à un langage tribal, pour montrer que l'on est du groupe, que l'on est comme les autres, sans prétention, et que l'on est entre gens qui se comprennent sans avoir besoin pour cela d'en faire, comme on dit, tout un plat. C'est un langage d'initiés, que lierait une commune révolte contre la société et la culture. Je le dis d'autant plus librement que j'avoue y avoir recours moi-même, quand je veux paraître jeune. En somme, c'est là une manière assez gauche de communiquer sans mots, comme la poésie peut le faire sans logique.

À l'autre extrémité, d'ailleurs, et quand il s'agit d'intérêts plus ardents, qui réclament une forme d'expression plus forte (je parle ici d'après les livres, car mes allures de fausse jeunesse ne vont pas tout à fait jusque-là), le langage cède aussi, mais cette fois devant le cri. Que de cris on nous propose : cris de haine ou de plaisir, hurlements de souffrance ou de victoire... Le mot envahit déjà le vocabulaire de la critique littéraire, où il nous est servi à toutes les sauces... Cette ménagerie déchaînée traduit aussi, je crois, le besoin de se faire entendre sans passer par les ressources du langage.

Cet argot me désole un peu et ces cris m'assourdissent sans m'atteindre. Je ne vois pas qu'aucun des deux enrichisse beaucoup la gamme des sensations ou des idées que nous voudrions échanger. Et je crois que, par voie de conséquence, ils tendent à limiter également les sensations et les idées que nous avons à communiquer. L'écrasement du langage laisse le goût amer d'un refus qui ne mène à rien ; et le cri me fait facilement peur, précisément parce qu'il implique l'abdication du langage en une violence inarticulée.

Et pourtant, c'est si beau, une langue ! Personnellement, j'ai vécu dans le contact de la langue grecque, dont la rigueur est presque mathématique et la souplesse sans limite. Elle a le moyen de nuancer à l'infini l'expression, en faisant varier le préfixe ou le suffixe. Elle a des modes verbaux que nous ne possédons plus, des particules dont nous n'avons même pas l'idée, et qui servent à rendre clairs les enchaînements d'idées comme les nuances de sentiment. Elle a joué, sous l'impulsion de Prodicos, à distinguer les synonymes… Ah ! l'on peut compter sur elle pour diminuer le plus possible la fameuse marge irréductible entre le signifiant et le signifié !… Bref, vous m'aurez comprise, si je vous dis que c'est une langue « au poil » – je dirai même, cette fois, « au petit poil ». Mais l'important est que cette langue n'avait pas été donnée aux Grecs, un beau jour, par un caprice des Dieux : ils se l'étaient donnée ; ils se l'étaient faite, vaillamment, à coups d'efforts allègres et optimistes. Si bien que, finalement, par-dessus la barrière qu'impose l'usage d'une langue morte, venant d'une civilisation périmée, et malgré les lacunes, le contour différent des notions, peut-être les contresens, ce langage m'est plus proche, souvent, que celui de mes amis.

C'est que – il est temps de le dire –, dans notre incapacité à communiquer, la responsabilité du langage est plus théorique que pratique, et la faute nous incombe à nous – à nous et à notre façon de vivre.

La faute vient de ce que chacun vit enfermé dans sa propre vie et n'est capable ni de s'intéresser aux autres ni de les intéresser. Je me souviens d'une petite nouvelle qui s'appelait *L'oiseau*[1] : c'était l'histoire d'un homme à qui, un jour, le chant d'un oiseau entendu au sortir d'une sieste avait suggéré l'idée d'une vie différente et meilleure, mais qui, rentrant tout plein de son expérience, trouvait une femme soucieuse de ravitaillement et mécontente de son retard : elle était donc exaspérée par ces histoires de petits oiseaux et le tout finissait par une querelle violente. C'était inévitable : l'homme s'expliquait très mal ; et la femme l'écoutait plus mal encore. De façon un peu schématique, je crois que telle est, en gros, la condition commune.

C'est bien pourquoi les amours s'aigrissent, dans l'usure d'une vie quotidienne qui oblige chacun à ne prêter à l'autre qu'une attention à la fois partielle et hâtive. On se parle peu ; et les mots, pour chacun, s'inscrivent dans des registres différents, d'où naît un perpétuel malentendu. Et puis il y a un temps pour dire les choses : nous ne savons pas toujours le choisir ; et, quand même nous le voudrions, la complexité de la vie nous en ravit trop souvent l'occasion. En bien des cas même, il existe au départ un fossé difficile à franchir, fait de

1. Nouvelle publiée par Jacqueline de Romilly elle-même, sous le pseudonyme de Jacqueline Rancey, dans la revue *La Nef*, n° 41/04/1948 et n° 42/05/1948.

rancunes accumulées, jamais dites, qui rendent suspectes les paroles. Des différences de sexe, d'âge, de milieu social produisent le même effet. Et on laisse le fossé s'agrandir jusqu'à ce que les mots ne passent plus. Alors, c'est le fameux malaise – malaise entre les générations ou entre les époux, entre les classes ou entre les amis. Le poids de tout ce qui ne peut être dit crée un climat d'exaspération qui corrompt le sens des plus simples phrases comme des plus simples gestes. C'est bien pourquoi il a pu sembler à certains que cette incompréhension quotidienne était inhérente à la condition humaine, dont elle serait la souffrance première – la mort n'étant au contraire que le domaine enfin serein où s'abolissent, dans un monde meilleur ou dans un silence désormais inviolé, les contresens et les contretemps. Tristan et Yseult ne restent unis que parce qu'ils meurent – comme Roméo et Juliette. C'est aussi pourquoi, les vastes brassages de la vie moderne accroissant le mal, on voit notre littérature se placer sous le signe du malentendu : de Pirandello à Kafka, puis de Camus au Nouveau Roman, les témoignages dénoncent de plus en plus un même échec à saisir l'autre – cet autre auquel la psychanalyse restitue à son tour une épaisseur et une distance en quelque sorte ontologiques. C'est enfin pourquoi on voit tant de vieux chercher refuge dans le silence, tandis que les jeunes le cherchent dans le bruit qui couvre les voix, et dans ces rythmes fous qui rompent les barrières et créent une communion forcée où le moi s'abolit.

Et c'est ici que surgit pour moi, irremplaçable, la littérature.

D'abord, elle sait dire, elle, tout ce que le langage peut dire, et bien plus encore. Car elle dit, mais elle sait aussi suggérer. En elle, les phrases ont aussi des sourires et des nostalgies ; au-delà des mots qu'elle emploie surgissent des illuminations fugaces et fuyantes. La littérature est poésie. La littérature est magie.

Mais surtout elle échappe aux difficultés de la vie quotidienne. Elle, dès l'instant qu'on lit, on lui prête attention. On adopte son rythme, ses fantasmes, sa logique, ses rêves. Elle n'est pas l'autre : le temps d'une lecture, elle est nous. Et nous l'accueillons sans réserve, parce que nous n'attendons rien d'elle, que d'être une voix qui nous parle.

Je connais moins mes proches ou mes amis que je ne connais certains écrivains dont la sensibilité ou la pensée s'est livrée à moi tout entière. Je les connais aussi moins que beaucoup des héros des romans que je lis, puisque, dans ces romans, j'ai assisté à tous les moments importants de leur vie, entendu leur cœur battre et leur pensée se chercher, en secret de tous – sauf moi. Je puis même révéler ici que certains de mes amis sont des écrivains : lorsque je lis leurs œuvres, chaque mot me va au cœur, comble mon attente et la surprend ; je les connais et les comprends, au plus intime d'eux-mêmes, comme si j'avais vécu toute ma vie avec eux et pour eux. Ce qu'ils aiment me semble aimable ; leurs espoirs, leurs doutes, leurs expériences uniques, tout cela m'est transparent. Je les aime et me sens avec eux si parfaitement à l'unisson qu'aucun amour ne saurait faire mieux. Et puis je les revois, à un cocktail ou un déjeuner, peut-être même dans la paix d'une rencontre à deux ; et la vie se remet entre nous. Je ne leur suis plus si proche – comment l'oserais-je ? Ils ne me sont plus si proches non plus, et je ne suis plus si sûre de les bien comprendre. Je ne sais ce qu'ils ont fait le matin ou la veille, ni ce qu'ils pensent de moi, ni sur quels points nous risquons d'être en accord ou en désaccord. La littérature me les livre et me livre à eux, dans la plus pure des communications : la vie réelle cherche toujours à me les reprendre, et me les reprendrait sans doute si jamais j'oubliais leurs écrits.

Assurément, c'est un cas limite : on n'a pas toujours des amis qui soient écrivains, ni écrivains sincères et transparents. Mais est-il donc nécessaire qu'ils soient mes amis ? Peut-être me croira-t-on un peu folle si je dis combien m'ont été proches, jusque dans la peur et ses mythes, jusque dans la joie de certaines solitudes, des écrivains dont je ne savais rien. Dino Buzzatti est mort, je crois, il y a un ou deux ans ; et je n'ai jamais rien su de lui que ce qu'en disent les jaquettes des livres. Mais, quand je lis ces notes brèves, il y a toujours un mot, un sentiment, on ne peut plus fugitif, dont je me dis qu'ils sont là pour moi, que seuls lui et moi sentons ainsi. Or nous sommes légion à ressentir la même impression. Et je n'entre pas dans un hôpital, ni ne rencontre la maladie, sans être hantée par son conte des *Sept étages*, où le patient monte peu à peu, avec de bonnes paroles et sans croire être comme les autres, à ce septième étage, où l'on met les cas sans espoir… Sa pensée et sa peur sont non seulement arrivées jusqu'à moi, mais entrées en moi, où elles font, pour toujours, partie de ma sensibilité propre. Cela, c'est communiquer ! Et, alors que je suis parfois séparée de mes collègues ou de mes amis, à qui tant de liens me rattachent, alors que parfois ils m'agacent et que je ne les comprends plus, me dira-t-on pourquoi rien, pas la plus petite ombre, pas le plus petit doute ne me séparent jamais de Giraudoux ni de Thucydide (qui ne se ressemblent guère), mais pas non plus de Don Juan, du Cid, de Manon Lescaut, d'Hermione ou de Gil Blas ? Je choisis, cela se devine, les plus improbables. Vous ne saviez pas que j'avais tout cela en moi ? À dire le vrai, moi non plus. Mais je l'ai, c'est un fait.

Inutile de venir me dire que cet accueil, de ma part, n'est dû, précisément, qu'au fait qu'il ne s'agit pas là d'êtres réels, qu'ils n'ont ni l'épaisseur ni l'imprévisible complexité que cette réalité impliquerait, que je m'identifie à des rêves ! Et puis après ? Ceux qui les inventèrent étaient réels, ou le sont. Et n'est-ce pas déjà un assez joli miracle que le rêve d'un autre puisse ainsi nous être accessible ?

Au reste, la rencontre n'est point un tête-à-tête. Car un lien s'établit du même coup avec les autres lecteurs, qui ont eu accès au même rêve. Je ne pense point seulement à ces lettrés, qui échangent, comme des mots de passe, des références à des œuvres, et déclarent, avec un sourire de fins dégustateurs : « C'est très *Grand Meaulnes.* » Je ne pense point non plus à ces titres, qui font comme un clin d'œil : *Dans un mois, dans un an*… Je pense plutôt au trésor de symboles accumulé en chacun de nous, aux voies que se sont frayées à travers notre monde intérieur les visées d'autrui. Qu'aurais-je compris au fameux malaise de mes étudiants, sans les romans américains où leur désarroi m'est devenu plus proche que dans leurs récriminations sur le contrôle des connaissances ? Qu'aurais-je compris à la vie de jeunes provinciaux chrétiens, sans les romans de Mauriac ? À la réalité de l'Orient, sans les auteurs d'œuvres aussi différentes que *Stèles* ou *Multiple splendeur* ? Pour être très honnête, je dois même dire que moi, une femme, il m'arrive de chercher dans les livres à mieux comprendre cet être si étrange auquel je ne cesse d'avoir affaire, et qui est l'homme... Comment peut-on être homme ? Depuis que le monde est monde, ils ont été pas mal à tenter de me l'expliquer ; et je commence peut-être à avoir une petite idée...

Je sais, au reste, que l'on va me trouver ridiculement livresque. Bon ! Mais qu'il jette donc la première pierre, celui qui est absolument sûr que, même de façon indirecte, il n'a pas été nourri et formé par la littérature. Elle est passée en films et en chansons ; elle a préparé les thèmes des auteurs d'éditoriaux, des candidats aux élections, des conseillers aux courriers du cœur. Elle a pénétré partout, plus ou moins déformée, avec ses mythes, ses thèses, ses mots. Il n'est personne qui n'en soit imprégné. La seule différence est que ma profession m'en a rendu l'habitude consciente, et, par suite, exaltante.

Je crois donc que la littérature est le lieu où se fonde le mieux, directement et indirectement, la communication.

Il faut cependant reconnaître ce qui distingue cette communication de celle qu'apportent les autres arts, et aussi prendre conscience des différences qui existent entre communion et communication.

C'est un fait que le langage peut prêter au malentendu. C'est un fait aussi que chacun lit seul. On peut donc penser que les autres arts sont mieux faits pour unir les êtres. Et il est vrai que notre époque semble voir une subite extension des arts plastiques et musicaux, qui peut n'être pas sans rapport avec le problème dont je parle.

Cette extension existe ; et rien n'est plus compréhensible. Rien, non plus, ne contribue davantage à m'inspirer confiance. Les films dans lesquels la recherche des images est le plus poussée réunissent des publics énormes et enthousiastes, autour d'histoires souvent insaisissables, dont l'ambition philosophique n'est pas la moindre difficulté. Que dire ? Même les musées drainent des foules ; et c'est toujours une belle surprise pour moi que de voir les gens qui s'y pressent – des gens simples, sans culture, qui traînent leur progéniture au Louvre ou aux Offices et qui regardent, très consciencieux, et qui écoutent les explications… Comment les y forcerait-on, s'ils n'y trouvaient une forme de plaisir, ou au moins de fierté ? Et que de concerts où j'ai tenté d'aller sans pouvoir obtenir de place ! Que de concerts où je me suis trouvée entourée de jeunes visages, dont certains étaient peut-être ceux de nos étudiants les plus saccageurs et les plus obtus ! Ils étaient venus ; ils avaient payé, attendu ; et, sitôt le concert commencé, ces jeunes plus ou moins hirsutes se révélaient les plus civilisés des êtres. Qui plus est, sans aucun doute, ils communiaient dans la musique.

Ah ! je le reconnais : on communie dans la musique, et non dans la littérature.

D'abord, la musique nous va au cœur sans intermédiaire. Ce ne sont pas des mots ou des idées, que l'on comprend plus ou moins bien, que l'on accepte ou que l'on refuse : modifiant le rythme même du souffle, ce sont des émotions toutes pures, un dialogue de voix qui se poursuivent et se retrouvent, se plaignent et s'exaltent, sans nous dire leurs noms ni leurs raisons ; c'est la magie de cette action immédiate qui mime et éveille en nous des peines et des tendresses sans contenu, et par conséquent toutes proches, déjà à nous.

Et puis, ces émotions, on les accueille ensemble. Et, à ce sujet, je dois avouer que j'ai parfois des distractions quand j'écoute de la musique assise dans une salle de concert ; mais elles me donnent une joie au moins aussi profonde que la musique elle-même. La première me vient de la vue même de l'orchestre, du regard levé par le musicien pour prendre la mesure, du mouvement parallèle des archets lançant le même son d'un même geste, de la baguette qui fait éclater, triomphale, l'entrée des cuivres : je suis émue qu'un groupe d'êtres humains (un groupe qui commence avec deux, mais peut remplir une cathédrale) puisse être si parfaitement associé dans une création collective. J'allais écrire : comme les organes d'un même corps ; mais c'est beaucoup plus beau que ce soient des êtres indépendants, et que la tâche commune soit si gratuite et si difficile, et si merveilleusement désintéressée : ces sons qui remplissent la salle, et vont se taire… Mais je suis émue aussi quand je regarde les visages de ceux qui écoutent : ces visages muets, au souffle retenu, extasiés, et où se reflète en même temps une émotion sincère et identique. Cela me donne un certain sentiment d'indiscrétion, mais aussi une grande joie. Car je me dis alors que rien n'est perdu, que les hommes sont bons, nobles, tendres, et que tout le reste est malentendu aisé à dissiper, et que tout le reste est véniel.

Voilà ce que je crois quand je vais au concert.

Alors, n'auraient-ils pas raison, ceux qui s'assemblent autour du langage des images et des sons, le préférant à celui des mots ? Je crois qu'ils ont raison dans ce qu'ils cherchent et non pas dans ce qu'ils rejettent.

La communion dans la musique me rend confiance en l'homme. Mais communion et communication ne sont pas la même chose. Le langage de la musique nous va droit au cœur, mais – sauf pour quelques initiés à qui la rigueur ou les finesses de la composition donnent une joie quasiment intellectuelle – elle ne va que là. Les communions qu'elle instaure ne sont pas celles qu'entraîne une foi partagée : elles se font au niveau de sentiments aux contours assez incertains pour s'adapter à la sensibilité de chacun. Le concert fini, le charme est rompu. La communion défaite, chacun se retrouve las, ébloui, et seul.

La littérature, elle, n'exerce que rarement cette fusion immédiate ; et elle ne l'exerce jamais sans aide : il lui faut l'appui d'un spectacle – théâtre ou cinéma, voire celui d'une musique, comme le savaient si bien les anciens Grecs. Même dans ce cas, les sentiments qu'elle inspire sont moins unanimes et moins intenses – pour la raison qu'ils sont plus précis. Mais je les aime, d'être plus précis. À la joie affective des autres arts s'ajoutent ici la curiosité, la découverte, la fierté de s'être posé de nouveaux problèmes, d'avoir entrevu des idées ou des sentiments jamais effleurés jusque-là. Parfois, on ne les accepte qu'à moitié ; on s'essaie à y répondre, on accentue sa propre pensée. D'autres fois, on les accueille comme un bien nouveau, prêt à servir dans notre vie. Et notre communication avec autrui s'enrichit de ces ressources nouvelles.

Elle s'enrichit aussi des sentiments que nous avons connus, de tel ou tel idéal soudain devenu compréhensible. Au moment où nous lisons, cela ne nous rapproche de personne, du moins en général ; mais les signes sont prêts pour des rencontres à venir ; et la littérature, en ouvrant en nous des voies que nous essayons, chacun en soi, chacun tout seul, nous prépare à nous mieux reconnaître en autrui.

Je dirais même volontiers – c'est peut-être grec – que la véritable vertu littéraire consiste à savoir donner à tout événement raconté sa mesure humaine et que, grâce au recul qu'implique cette quête d'un sens, elle a toujours plus ou moins pour effet d'éveiller la grande pitié des hommes les uns pour les autres. S'il en est bien ainsi, on peut dire que la communication qu'elle prépare se fait, comme pour la musique, par en haut, et se situe à un niveau qui dépasse chacun de nous, avec son horizon limité et son cœur quelquefois mesquin.

Au reste, même les œuvres où cette note se fait très peu entendre finissent curieusement par avoir le même effet. Ne sait-on pas que tous les petits enfants demandent, avant de s'endormir, qu'on leur raconte une histoire ? Il y a, dans ces histoires, des lions, des fées, des animaux qui parlent, toutes sortes de choses, en somme, inquiétantes ; et l'enfant s'endort, rassuré. De même la littérature nous ouvre un monde immense, déchiré et violent, dont les cruautés et les souffrances passent par moi, mais me laissent une sympathie paisible et détendue. Il y a, dans la lecture aussi, ce qu'Aristote appelait une purgation des passions : celles-ci, par leur passage, élargissent notre univers, mais leur violence, en se retirant, nous laisse d'autant plus tendres.

Elle peut aussi nous laisser plus fermes et plus convaincus. La littérature n'est pas le contraire de l'action. Et, dans la mesure où tout homme est nécessairement engagé, elle peut l'être également, et souvent elle le doit. Il n'est à cela qu'une réserve et qu'une condition, c'est qu'elle garde, au sein même de l'engagement, ce sens de l'humain et ce recul qui m'en paraissent le signe distinctif. C'est en cela, précisément, que la littérature, même engagée, diffère de la propagande. Et je doute qu'elle en soit moins efficace, tout au contraire.

Quand elle remplit cette condition, engagée ou pas, la littérature me semble apporter aux hommes le plus beau trésor qui soit : non plus seulement le Simoïs, avec ses tourbillons d'argent, mais, pour les rapprocher les uns des autres et les aider à prendre la mesure de leur propre destinée, la pitié humaine roulant à plein cours, avec ses tourbillons de larmes et ses éclats d'espoir.

* * *

Mais voilà, je le sais : on me dira que la littérature, comme la culture dont elle est la fleur la plus parfaite mais aussi la plus luxueuse, n'apporte jamais ses trésors qu'à un très petit nombre de privilégiés. Et me voici lancée dans un problème un peu plus large.

Je ne le refuse pas. Si je me suis attachée surtout à la littérature, et si je l'ai même parfois opposée aux autres arts, c'est que, parmi tous les aspects de la culture, elle m'est spécialement chère et me semble spécialement menacée. Tout ce qui est connaissance précise, même désintéressée, est plus aisé à défendre parce que les gens se disent confusément que « cela est bon à savoir ». Au contraire la littérature devient facilement synonyme de chose vaine et irréelle : « Tout ça, dit-on, c'est de la littérature, pas autre chose ! » De plus, de tous les aspects de la culture, la littérature est celui qui exige tout ensemble le plus d'initiative et le plus d'initiation. Mais on ne peut plaider pour l'une sans plaider aussi pour l'autre; et je plaide – on s'en doute – pour toutes deux à la fois.

Je le fais d'autant plus résolument que l'argument qui consiste à renier la culture parce qu'elle a été longtemps l'apanage d'une classe s'est épanoui tout près de moi, au sein de nos universités. J'ai constaté qu'il portait beaucoup sur les jeunes, qui sont de nature généreuse, et que leurs propres privilèges choquent plus que ceux des autres ; mais je crois, de tout mon cœur, que cette générosité les trompe, et de façon dangereuse.

En quoi ? On arrive juste au moment de l'histoire du monde où l'extension de la culture devient possible ; on arrive à l'heure où le cinéma et la télévision se mettent à la portée de tous et pourraient servir la culture, au moment où le livre de poche ne coûte pas plus que deux heures de stationnement, où tous les enfants vont à l'école, gratuitement, aussi longtemps qu'ils en sont capables, où, au niveau des Facultés, ils peuvent, s'ils sont vraiment capables d'étudier, être payés pour le faire... et c'est le moment où l'on nous dirait : « Nous ne voulons pas de la culture parce que tous n'y ont pas accès » ?

Que tous n'y aient pas accès, c'est la chose normale, et, je dirai : souhaitable. Mais la discrimination n'a rien de social. On est capable ou pas. On trouve en soi le goût, les qualités, la volonté, ou pas. Est-ce que je proteste de ne pas participer aux Jeux olympiques ? Ce qu'il faut, c'est qu'au départ, tous puissent y avoir accès, en aient la chance et l'occasion.

Or il suffirait pour cela d'un si petit effort de plus ! Il suffirait d'abord que cet enseignement, devenu gratuit et obligatoire, fît précisément un effort en faveur de la culture, au lieu de la renier et d'y renoncer. Il faudrait que toutes les entreprises comme les Maisons de la Culture eussent le souci de donner à ce mot le sens le plus large et le plus humain possible. Il faudrait que l'on reconnût la culture dans ce qu'elle a de différent du simple savoir, de différent de la propagande, de différent de la fête. Il faudrait qu'on rendît à la littérature son prestige et sa noblesse. Quand on dit « les vacances sont une bonne chose », on ne décide pas, que je sache, de les supprimer sous prétexte que tous n'en ont pas : on s'arrange pour que tous en aient. Les vacances font plaisir ; elles font du bien : la culture aussi. Ou alors dois-je comprendre que vous croyez que la culture n'est, par nature, pas accessible à tous ? C'est vous, vraiment, qui êtes « rétro » : ce n'est pas moi !

Moi, j'ai vu des employés de métro plongés dans des romans mal imprimés, et qui étaient si absorbés qu'ils semblaient ne rien voir ; pourtant, à chaque station, ils s'interrompaient, le temps de descendre, de surveiller le quai, de remplir très vite leur fonction ; et puis ils retournaient à leur lecture interrompue. Moi, j'ai vu de jeunes fermiers qui avaient réussi à s'acheter une télévision et qui, sans bouger de leur campagne, avaient un avis fort sensé sur les toilettes du dernier gala de Monte-Carlo, sur les fouilles du Danube, sur les interviews des poètes, et sur *Les Misérables.* Bien, cela fait un peu fouillis ! Et leurs commentaires n'étaient pas des modèles de langage serré. Mais qu'importe ? Le désir de connaître, de comprendre, d'admirer fait un fouillis dont le principe est bon. Et puis surtout, moi, l'helléniste, je sais que l'on peut aller plus loin. Car la tragédie grecque, vous savez, ce n'est pas facile. Cela n'était déjà pas facile pour les Grecs du Ve siècle avant J.-C, qui entendaient chanter ces textes poétiques aux longs mots difficiles et souvent façonnés par le poète lui-même, et à qui l'on parlait des desseins de Dieu, de la faute et du châtiment, du châtiment qui tombe sur des innocents, et qui passe par une autre faute. Et des tragédies de cette sorte, ils en entendaient à la file toute une série. Cela durait toute la journée. Ces tragédies étaient écrites pour le peuple, à un moment où il n'y avait pas d'écoles, où l'on ne lisait pas, où n'existait ni critique pour vous expliquer, ni speaker pour vous préparer, ni entraînement pour vous habituer : les tragédies ne se jouaient qu'une fois, et pour une fête unique dans l'année. Cependant c'était si important que tout le monde se massait là : pas les esclaves, évidemment, mais les gens les plus simples, et les gens les plus pauvres. Et cela était si important aussi que la démocratie, en se développant, institue une caisse des spectacles, non pas pour financer les producteurs, mais pour indemniser les travailleurs de la journée de travail qu'ils avaient perdue. Pour moi, il ne fait pas de doute que l'ampleur et la richesse des thèmes traités dans les tragédies grecques tiennent pour une large part à la solennité de l'occasion et à l'importance de l'audience. Simplement, il me semble étrange que des œuvres qui, par ces qualités, ont traversé vingt-cinq siècles d'histoire, soient tout à coup jugées indignes d'attention, précisément par ceux qui se disent progressistes et amis de l'égalité.

Qu'il y ait une difficulté, cela oui ! Et en même temps un risque grave, nul n'en a plus conscience que moi.

Cette difficulté consiste à ne pas abaisser la culture sous prétexte de la mettre à la portée du plus grand nombre. Il faut, en effet, pas mal d'obstination et de courage pour résister à cette tentation, au demeurant assez insultante. On y a cédé un beau jour dans l'enseignement, créant là un dommage qu'il sera difficile de guérir. Mais, si nous nous y mettons tous, on peut encore, je crois, le sauver – et nous avec.

Après tout, n'est-il pas étrange, et véritablement scandaleux que je ressente ainsi le besoin de partir en croisade pour la culture et la littérature, et, qui plus est, de m'en excuser comme si je défendais un divertissement d'un autre âge ?

Je ne sais pas trop à quoi les ethnologues ou les experts en zoologie distinguent les grands primates des premiers hommes. Mais des singes ont-ils jamais dessiné des bisons sur les murs des cavernes ? Je sais bien que c'est là affaire de rite magique plutôt que d'art proprement dit. Mais qu'importe ? La littérature est peut-être toujours un rite plus ou moins magique ; et avoir des rites magiques définit déjà une civilisation. Plus tard, on trouve les statues, rituelles elles aussi, puis de plus en plus belles et de moins en moins religieuses. Les villes, dès qu'elles existent, s'enorgueillissent de temples et de palais où s'exprime leur fierté d'avoir forcé la matière brute à modeler des formes conçues par l'homme, voulues par lui. Pas de fait important qui ne s'immortalise en inscriptions gravées sur la pierre. Et c'est dur, d'écrire sur la pierre ! Nous, avec nos pointes Bic, serons-nous les premiers à renoncer à cette ambition si caractéristique de notre espèce, et qui consiste à vouloir toujours exprimer, fixer, transmettre ?

Combien d'entre nous s'y essaient ? Combien d'entre nous ont eu des cahiers, des carnets, des agendas ? Pour moi, je sais que j'ai, pendant des années, tenté d'enserrer avec des mots les moments de bonheur qui naissaient en travers de mon chemin – pour le plaisir de leur avoir donné une forme, et de ne plus jamais les oublier. D'autres notent des rêves, ou s'obstinent à les raconter à des familles dont ils savent qu'elles en sont peu curieuses. D'autres gravent des noms sur des arbres, sur des murs, sur des écorces (je l'ai fait !)… À travers ces vagissements, ou ces soliloques timides, perce le désir de dire, c'est-à-dire, en fin de compte, le désir de la littérature. Pour moi, je crois que tout ce qui est tombe dans le néant s'il n'y a là quelqu'un – c'est-à-dire l'homme – pour en prendre conscience et lui donner une forme durable et communicable. J'ai ma petite ontologie de la littérature. Plus simplement – mais on l'aura, je crois, compris – je l'aime. Et, ces temps-ci, j'ai parfois peur pour elle.

IV

Hier et demain

> « Ce n'est pas la faute de nos étoiles, cher Brutus, c'est la nôtre… »
>
> SHAKESPEARE, *Jules César*, Acte I

On a pu constater – et je m'en rends mieux compte moi-même au fil de l'écriture – que beaucoup de mes articles de foi consistaient soit à chercher un modèle dans certaines attitudes de la Grèce ancienne, soit à défendre des biens d'aujourd'hui que je m'alarme de voir en passe de disparaître. Cela suggérerait que je suis, comme on dit actuellement, quelque peu « rétro », ou réactionnaire, ou tout simplement demeurée.

Je ne puis accepter ce jugement ; et je m'en expliquerai. Mais je ne puis pas non plus éviter de me demander, en toute conscience, comment se justifie à mes propres yeux cet apparent recours au passé. Et cet examen m'oblige à considérer en face un certain nombre de notions qui sont, de nos jours, comme autant de mots sacrés : à les considérer de près, je les crois chargés de malentendus et de risques. Ces mots sacrés sont des mots piégés.

Et voici que, rien qu'à les nommer, je me sens effrayée et intimidée. Vais-je vraiment, toute seulette, me lancer dans un tel débat ?

Mais je ne peux pas reculer, car je sais trop quels sont les démons que l'on fera surgir tout armés pour pulvériser mes espoirs. On dira qu'aucun recours au passé ne peut avoir de sens pour nous, parce que cela irait contre le sens de l'histoire, contre la transformation de l'homme aux temps modernes, enfin contre la mutation dont notre époque est le théâtre.

Me voilà bien ! Et je ne puis, dans une telle situation, m'en tirer qu'en m'efforçant d'être tout à fait honnête. Après tout, cette époque est également la mienne.

* * *

Je ne voudrais pas aller contre le sens de l'histoire. Et, si ce sens existe, il est bien évident que je ne le pourrais pas.

Or, d'une certaine manière, il existe. Le progrès technique, par exemple, a, selon les époques, été plus ou moins net. Mais il a été continu. Et il ne risque pas de s'arrêter, si la race humaine ne s'arrête pas. Il peut faire des merveilles, permettre d'explorer toutes les planètes, de boire l'eau des océans, de fabriquer des matières nouvelles, des énergies nouvelles. Il peut aussi engendrer des maladies, la pollution, des guerres toujours plus meurtrières, engendrer la folie et les monstres. Mais, le bon sens populaire le dit, « on n'arrête pas le progrès ».

On n'arrêtera pas non plus l'ascension théorique des masses vers la prospérité, et le pouvoir, et le loisir. Si je dis « théorique », c'est parce que tout est affaire de contrat. Le peuple peut (cela s'est vu) renoncer à la prospérité pour se sentir plus puissant. Il peut aussi, au nom de sa propre souveraineté, être soumis à un effort de plus en plus intense. C'est bien pourquoi les gouvernements dits populaires peuvent parfois prendre en ce sens des mesures qui indigneraient l'opinion, si elles venaient de gouvernements dits de droite. Quoi qu'il en soit, le principe du progrès des masses semble à la fois logique et nécessaire. Certes, il pourra y avoir des crises, de la misère, du chômage, des dictatures ; mais on ne peut guère imaginer, dans aucun pays pris isolément – à supposer qu'un pays puisse encore être pris isolément –, que les études primaires soient peu à peu raccourcies, puis supprimées, ou que le droit de vote soit progressivement restreint, pour être finalement abandonné.

Cela semble, à vrai dire, un peu moins impossible que pour le progrès scientifique, car la raison n'est pas la même : elle repose, cette fois, non plus sur un acquis du savoir, mais sur un acquis de l'opinion. Or l'opinion peut nous jouer des tours que le savoir ne nous joue jamais.

Ou bien, pour prendre un exemple moins large, il me paraît assez évident que la libération de la femme est en train de s'instaurer dans les mœurs une fois pour toutes. Le règne des machines a mis un point final à la souveraineté du tueur d'aurochs. Et, peu à peu, irrégulièrement, de façon d'abord lente, puis accélérée, la femme s'est mise à savoir des choses, à travailler, à avoir un métier, puis une carrière ; et son rôle dans la vie du couple en est naturellement modifié. Maintenant, l'on imagine assez mal les métiers se fermant aux femmes, et celles-ci retournant au foyer. Peut-être y étaient-elles mieux ; là n'est pas la question. Quelque chose a changé, va changer, qui pourra se précipiter ou bien ralentir, et varier selon les pays ; mais l'idée de retourner en arrière n'a pas plus de sens que celle de faire redevenir jeune un adulte.

Autrefois, on pouvait imaginer qu'une civilisation se développe dans un certain sens, et puis s'effondre, pour être remplacée par une autre, fondée sur des principes différents. Mais cela n'est plus possible dans un monde aussi solidaire et entremêlé que le nôtre. Ou bien toute la civilisation humaine saute et repart au début, ou bien elle continue à s'unifier et à courir sur sa lancée. Il y aura bien sûr, là aussi, des différences, des reculs, toute une série d'obstacles religieux ou économiques ; mais la direction générale ne peut pas changer sans des bouleversements invraisemblables. Et l'acquis de l'opinion est ici renforcé par la transformation de fait qu'entraîne dans les êtres l'adaptation aux premiers changements. Les femmes ne sont plus ce qu'elles étaient, et le seront encore moins demain.

Dans ces exemples, et dans d'autres, l'évolution est pratiquement irréversible. On peut le regretter si l'on veut ; mais les regrets ne servent à rien. Ils ne servent pas plus que le regret de la jeunesse, des diligences ou des chevaliers. Tout au plus peut-on penser que certaines femmes se feront délibérément une parure de leur prétendue faiblesse féminine, comme certains gros industriels s'offrent le luxe d'un voyage à cheval ou de nuits sous la tente.

Mais le danger de ces évolutions à sens unique est qu'elles suggèrent trop facilement qu'il en est de même des autres et que tout évolue selon un mouvement qui ne dépend pas de nous. Or je ne crois pas que ce soit vrai.

À travers les âges, on s'est efforcé de trouver dans l'histoire déjà accomplie des lignes continues, englobant le plus grand nombre possible de faits et les ramenant tous à un schéma unique. Thucydide, déjà, voyait dans l'histoire grecque en général un long progrès aboutissant à la concentration de la puissance. Polybe a repris l'idée à une échelle plus grande, pour lire dans les faits une nouvelle histoire à sens unique, aboutissant à la grandeur de Rome. Mais la belle construction de Thucydide venait buter sur la ruine d'Athènes ; et Polybe lui-même s'inquiétait par moments des menaces qui, d'ores et déjà, pesaient, pour l'avenir, sur Rome. Il fallut dès lors s'essayer à déceler des progressions plus immatérielles : vers le triomphe de la religion, ou bien vers celui du concept. Il fallut surtout admettre des oscillations, des retours en arrière : le progrès continu dans une voie déterminée, auquel on continua à croire et à trouver des raisons logiques, ne fut plus sensible qu'à travers des croissances et des décadences, des morts et des retours en arrière, où périssaient des civilisations entières. De Vico à Toynbee – et je n'excepte même pas Hegel – la progression évoquée n'a cessé de se faire de plus en plus souple, en même temps que son objet se faisait plus désincarné.

Et comment n'eût-elle pas dû subir une telle transformation ? Il est évident qu'en histoire, on ne peut pas extrapoler. Thucydide avait, par un coup de lucidité remarquable, deviné le caractère précaire et instable de la vie grecque à ses débuts ; et, voyant la grandeur d'Athènes au Vᵉ siècle, voyant comment celle-ci s'était formée, selon une progression parfaitement compréhensible et admirablement régulière, il pouvait de façon fort naturelle supposer que, avec moins de régularité, et avec, peut-être, quelques à-coups, l'évolution s'était préparée dans une lente montée de plusieurs siècles. Pouvait-il savoir, comme nous, qu'il y avait eu, un temps, les splendeurs de la civilisation de Crète ou de Mycènes, la puissance, la richesse, le luxe – puis que tout avait péri, une fois, deux fois, dans la rage des invasions et la flamme des incendies ? Pouvait-il imaginer, autour de la Grèce, les grands empires du Proche-Orient, qui, dans le même temps, s'imposaient, et puis s'abîmaient ? Ce sont là des ignorances contre lesquelles aucune raison au monde ne peut apporter de remède et qui, tout au contraire, lui font, à elle, son procès. La leçon, cent fois répétée à propos d'autres philosophies de l'histoire, est que tout historien qui suppose, pour quelque moment du passé que ce soit, une histoire à sens unique, est sûr de se faire, tôt ou tard, réfuter par la découverte de faits nouveaux. Les progrès de la physique ou de l'astronomie nous révèlent à chaque fois un monde moins simple et moins rigoureusement ordonné que l'on n'avait cru tout d'abord : à plus forte raison, puisque l'action de l'homme en est le sujet, les progrès de l'histoire nous invitent-ils toujours à éviter les synthèses qui simplifient.

Lorsqu'il s'agit du futur, serions-nous donc plus sûrs de nous ?

Bon ! Nous pouvons sans doute dégager quelques perspectives. Nous avons des « futurologues », dont le nom mêle, de manière plus touchante qu'heureuse, le grec et le latin. Mais les perspectives qu'ils nous donnent sont-elles plus que des cadres, et comme les données de problèmes à résoudre ? Ils ne peuvent pousser plus loin la prévision. Au reste, quand je regarde l'histoire de notre monde occidental depuis deux ou trois millénaires, je dois dire que ce qui me frappe le plus est le pouvoir d'action, pratiquement illimité, qu'y ont eu la foi, les idées, et la poursuite d'un idéal nouveau soudain offert aux hommes.

Quand Auguste affermissait l'Empire romain et lui préparait une longue suite d'empereurs, je me demande qui aurait pu dire que le sens de l'histoire serait déterminé par une vague infiniment supérieure à cet empire lui-même, qui serait le christianisme. Et que l'on ne vienne pas me dire que le succès du christianisme s'explique par les conditions sociales qu'avait créées l'Empire romain, ou par l'effet social qu'il allait prendre au sein de cet empire ! Qu'on ne me rappelle pas non plus que les croisades furent plus affaire d'ambitions entrecroisées que de religion. Je veux bien ! Je veux bien ! Mais l'on ne parle jamais là que de ce qui facilita, aida, accrut. La parole du Christ et la mort du Christ, ainsi que la flamme qui s'alluma alors au cœur de quelques hommes, puis, à travers les martyrs, de milliers et de millions d'hommes – toutes ces données ne s'intègrent pas dans le sens de l'histoire : elles la relancent et la modifient ; elles changent les désirs des hommes, reculent les bornes de leurs forces, et viennent rappeler à notre prétention rationaliste cette vérité trop méconnue, que les choses n'ont jamais que le prix que nous leur donnons.

C'est là un exemple – et il est de taille. Dira-t-on qu'il est trop grand, et correspond à une révélation qui fut unique dans l'histoire ? Dans ce cas, passons à un autre exemple : voyez seulement Mahomet, et le coup qu'il a fait subir au fameux sens de l'histoire ! Pouvait-on prévoir ? Ah ! on pouvait prévoir que les royaumes divisés, autour de la Méditerranée, étaient des proies mal gardées, et que les grandes puissances du temps avaient les bras assez chargés de leurs propres complications. Je n'en sais rien. Bien que, par profession, je joue souvent moi-même à ce beau jeu des historiens, comment donc oublierais-je que les causes que nous dégageons ainsi ne sont jamais que des causes annexes ? C'est la maison qu'évoque G.K. Chesterton, et qui brûle : « Si j'incendie une maison, il se peut parfaitement que de ce fait je mette en lumière la faiblesse d'autres gens en même temps que la mienne propre. Il se peut que le maître de la maison soit brûlé parce qu'il était ivre; il se peut que la maîtresse de la maison soit brûlée parce qu'elle était avare, et périsse en discutant la dépense d'un appareil de sauvetage. Et cependant il est clair qu'ils ont été tous deux brûlés parce que j'ai mis le feu à leur maison. » Ce qui est vrai au niveau moral l'est aussi au niveau de l'analyse historique : toutes ces causes fort réelles, et fort utiles à dépister, ne jouent que parce qu'il y a eu un incendiaire, ou, plus simplement, une initiative. De même, il y a eu un Mahomet. Un Mahomet qui fut d'abord si humble, si seul. Il ne fut, au début, écouté que d'une femme, qui était bonne pour lui et lui assurait de quoi vivre. Puis vinrent quelques parents, des amis, un groupe, des voisins… Je connais peu de lectures aussi stupéfiantes que les chapitres consacrés par Gibbon à cette irrésistible marée que représente la croissance de l'autorité du prophète, s'étendant bientôt sur deux continents. Ces hommes n'étaient rien, n'avaient rien ; mais ils ont conquis les pays, sous la fureur d'une foi fanatique. Pouvait-on, cinquante ans avant, prévoir pareille aventure ? Pouvait-on prévoir que naîtrait ce petit noyau de fidèles, dont le passage reste encore présent sous nos yeux, dans la pierre comme dans les mœurs, de l'Espagne à Constantinople ? Était-ce le sens de l'histoire ? Et qui me dit vers quoi risquent de nous entraîner les prophètes à venir ?

Quand je parle de prophètes, je choisis un cas extrême. En fait je crois que nous sommes tous, chacun en particulier et tous ensemble, des manières de petits prophètes – en ce sens que réside en nous ou bien la possibilité d'une nouvelle impulsion ou bien la force de la suivre, en mobilisant nos énergies ensommeillées. Nous subissons et nous faisons le cours de l'histoire, comme celui de nos propres vies.

Peut-être pourra-t-on croire que ces sursauts de l'histoire sont moins fréquents et moins faciles de nos jours, alors que la politique de toute la terre est combinée en un seul grand jeu : les invasions ne peuvent plus venir de peuplades inconnues, du moins habitant cette terre ; et les petits groupes passionnés, si fort que soit leur idéal, risquent fort de se voir très vite écrasés par les puissants de ce monde. Et pourtant on peut dire aussi que, grâce aux moyens modernes de diffusion, jamais le ton et l'accent personnel des individus n'ont joué un rôle aussi grand. Il est même étrange de penser que l'époque où l'on se plaît à nier ce rôle soit précisément celle qui a vu Hitler et Staline, Churchill et de Gaulle, Mao et Fidel Castro. Qui d'entre eux n'a changé l'histoire ? Je ne souhaite aucunement que les mouvements de l'histoire se fassent ainsi par l'entremise de personnalités à part, incarnant ou non des masses ; j'aime seulement puiser dans ces exemples une preuve attestant que la voie reste ouverte aux libres mouvements ; j'aime les voir nous rappeler que le sens de l'histoire se détermine au jour le jour. Il en va comme des sondages, qui annoncent souvent si bien le résultat d'un vote à venir, mais qui se modifient selon la date, et réussissent d'autant mieux qu'ils sont réalisés à un moment plus proche du vote. Car, en définitive, le vote est le produit de libertés un peu prévisibles, mais qui peuvent toujours mûrir, et réservent parfois des surprises : l'histoire l'est également.

Nous aimons devancer le présent, prévoir le temps qu'il fera, et écouter des bulletins d'information dont la plupart sont au futur. Mais c'est un futur prochain. Les sondages sont donnés à la date d'aujourd'hui, et le sens de l'histoire vaut jusqu'au prochain virage. Certes, l'élan acquis et les pentes du terrain fixent les grandes lignes du futur fleuve et définissent des probabilités d'ensemble ; mais ils laissent cependant libres tous les tours et les détours du tracé que nous lui fixons.

Je ne voudrais pas me lancer sans nécessité dans des vues si générales et si peu personnelles. Mais le fait est que, si vraiment l'idée du « sens de l'histoire » est, même si peu que ce soit, abusive ou impropre, cet abus risque de créer de très grands dangers.

J'ai l'habitude des textes grecs. Là aussi, on a tendance à expliquer le cours de l'histoire en ramenant sa diversité à un système unique, étranger à l'action des hommes et à la suite raisonnée des causes qui s'entremêlent. Dans certains textes, on se réfère à une volonté divine, qui peut être, selon les cas, suivie ou capricieuse. On découvre même des lois dans le devenir des hommes – comme celle qui veut que les dieux châtient toujours, tôt ou tard, l'orgueil et l'insolence, qui sont par nature impies. Dans d'autres textes, on se réfère à une nécessité interne, qui, par une combinaison de facteurs, économiques ou psychologiques, fait qu'une situation donnée détermine une politique, et que cette politique produit nécessairement tel résultat ou bien tel autre. Thucydide place de telles doctrines dans la bouche de ses Athéniens ; mais il est trop lucide et trop prudent pour ne pas prendre grand soin de ne point y souscrire lui-même. À la limite, on en vient à appeler cette cause du devenir un dessein de la Fortune : c'est ce que fait allégrement Polybe, lorsqu'il décrit l'évolution qui, au cours de plusieurs siècles, concentra au profit de Rome une puissance sans précédent.

Naturellement, ces Dieux, ou cette Fortune, ou cette Nécessité, d'allure plus scientifique et pourtant moins honnête, ont de quoi faire rire les esprits éclairés de notre XXe siècle. Mais le « sens de l'histoire » me paraît pourtant un peu de même ordre. Fondé sur des données réelles et bien analysées de la conjoncture historique, le terme instaure, comme une hypostase, une sorte de dieu sans visage – et finalement crée une tentation, à laquelle il n'est que trop facile de se laisser prendre.

Les Athéniens de Thucydide disaient, en allant de conquête en conquête, et de violence en violence : « Nous n'y pouvons rien : étant donné la situation originelle, la nécessité nous pousse dans cette voie. » Mais Thucydide dit qu'ils auraient pu, s'ils étaient restés fidèles aux conseils clairvoyants de Périclès, suivre une autre politique et ne pas aboutir à un désastre, qui était juste aussi nécessaire, mais pas plus, que leur impérialisme.

De même, je crois qu'en jouant d'un déterminisme moderne, lui aussi en partie justifié, mais en partie seulement, on nous invite à une démission prématurée, tout aussi périlleuse que celle des Athéniens.

Nous connaissons plus d'histoire que Thucydide, et plus de lois, et plus de secrets sur la dialectique qui préside au devenir des sociétés. Mais cela ne fait que rendre le danger plus pressant et le risque plus grave. Car chaque nécessité que nous découvrons, au lieu de nous apparaître comme un élément de plus mis à notre disposition, nous semble chaque fois, par une sorte d'extrapolation, couvrir tout l'avenir et inviter à toutes les passivités. Quand je dis que de telles notions sont piégées, je veux dire que nous nous installons tranquillement dans un engin dont on nous dit que les commandes sont automatiques ; et nous nous croisons les bras, comptant sur cet automatisme : c'est comme cela que l'on tombe en flèche – si l'on est dupe.

* * *

Je crois donc que l'on peut vivre dans un monde ouvert, et tirer parti de toute leçon du passé, soit pour s'en inspirer, soit pour en éviter les erreurs.

Encore faut-il pour cela qu'il y ait, entre le passé et le présent, entre l'homme d'il y a vingt-cinq siècles et l'homme d'aujourd'hui ou de demain, assez de ressemblances pour que la leçon ait un sens. On opposera, en effet, à tout humanisme l'idée que l'homme change, qu'il n'y a nulle permanence, et que l'homme moderne a des goûts, des besoins, des valeurs, des problèmes, qui sont également modernes. Cet homme de la modernité me paraît une notion aussi dangereusement piégée que la précédente.

L'homme change ? Bien sûr, il change ! Qui donc dit le contraire ? La question est seulement de voir jusqu'où va ce changement, et pourquoi, à travers cette évolution, le verbe « changer » garde un même sujet, qui reste « l'homme ».

Et d'abord, en tant qu'helléniste, je voudrais bien rappeler deux petits faits relatifs à cette fameuse « nature humaine », dont la conception même passe si volontiers aujourd'hui pour une aberration des anciens.

Je crois que, dans une certaine mesure, la critique est fondée. Les Grecs croyaient à l'ordre, à la stabilité ; et leur situation même au seuil de notre civilisation leur interdisait d'en mesurer toutes les possibilités de renouvellement. Mais il ne faut pas exagérer. Pour commencer, la *phusis* de l'homme – le mot le dit – était le sens dans lequel il se développait, comme pousse une plante : la notion était donc moins statique que les philosophies postérieures pourraient le laisser croire. Et surtout, si l'on regarde d'un peu près ces textes grecs, il n'est pas sûr du tout que « l'homme » et « la nature humaine » soient deux expressions exactement synonymes. C'est un fait que Thucydide, qui parle assez volontiers de cette « nature humaine », ne la décrit jamais que comme un ensemble de passions, dont le jeu est souvent prévisible, et souvent désastreux, parce qu'il est aveugle ; la « nature humaine » explique que l'on cède à l'ambition, ou bien à la peur, que l'on s'entre-tue, que l'on s'abandonne à la cupidité, sans réfléchir aux conséquences; la « nature humaine » explique que l'on puisse parler de lois en histoire, ou de comportements habituels, comme on parle de lois pour les corps physiques, ou de comportements habituels pour des animaux peu évolués. La foule, dans Thucydide, obéit à de telles règles; car elle cède à ses désirs, comme on cède à la pesanteur. Mais l'homme d'État tel qu'était Périclès a pour fonction de la ramener toujours à la raison et à la lucidité : si elle désespère, il la rassure, en lui expliquant son plan; si elle s'excite, il la modère, en lui expliquant le danger de tels entraînements; si elle s'emporte, il la calme, en lui expliquant pourquoi cette réaction est illogique ou dangereuse. À la limite, la « nature humaine » est donc un matériau que « l'homme » doit savoir mener et tenir en bride. Cette « nature humaine » peut donc varier aussi peu que le corps humain : même s'il en était ainsi, cela n'ôterait à l'homme ni la possibilité de se créer lui-même à l'image de ce qu'il veut, ni celle de s'adapter le mieux possible aux circonstances du monde qui l'entoure.

Je ne dis cela que pour rectifier l'image par trop simpliste que l'on se fait souvent des anciens. Car je crois que, dans une tragédie, quand quelqu'un dit « La nature humaine est toujours la même », cela ne signifie pas beaucoup plus, au plan philosophique, qu'une réplique de comédie où une femme, encore aujourd'hui, s'écrierait : « Décidément, les hommes, tous pareils ! »

Mais je dois avouer aussi, pour être franche, que je crois qu'il y a un peu de vérité dans ces formules !...

Je vois bien, par exemple, comment la vie nouvelle à laquelle accèdent les femmes est en train de développer certaines de leurs facultés, de modifier parfois leur voix, leur ton, leurs gestes, de les raffermir, voire de les durcir. Entre les femmes d'il y a cinquante ans et celles de demain, je ne suis pas assez aveugle pour nier la différence. Et je ne nie pas non plus celles qui, Dieu merci ! nous séparent de l'homme des cavernes. Mais enfin les femmes de demain cesseront-elles d'éprouver un certain nombre de sentiments, ou de sensations, qu'elles éprouvent aujourd'hui ? J'espère que non... Je puis, évidemment, imaginer quelque évolution dans le style de la science-fiction, où tout serait différent, où l'on ne ferait plus l'amour (sur ce point, cependant, l'évolution semble mal partie), où les enfants se créeraient en bocaux, où l'on communiquerait par antennes, où l'on serait téléguidé... À la limite, naturellement, ce serait une nouvelle espèce, que je n'appellerais plus des hommes. Mais je crois que ces rêves, où les progrès de la science précipitent aujourd'hui les imaginations, sont à prendre pour ce qu'ils sont – c'est-à-dire pour la grande peur de voir l'humanité se détruire elle-même, faute de savoir maîtriser son savoir : il est, en effet, plusieurs façons de se détruire. Et la science-fiction, comme les romans policiers, me semble combiner la fierté de l'intelligence avec le vieux réflexe qui se ramène à la prière enfantine : « Fais-moi peur ! » En tout cas, il y a fort loin de ces imaginations un peu hallucinantes à l'idée beaucoup plus simple que l'homme moderne n'est plus le même qu'il y a quelques siècles.

Revenons donc à cet homme moderne, qui ne se laisse pas volontiers oublier.

Il a changé, c'est vrai. Il en est fier, c'est vrai. Mais il n'a pas changé autant que l'on croit, et n'a pas toujours raison d'en être si fier qu'on le dit. Suis-je donc une monstrueuse exception, quand je m'émeus des émotions que décrivaient des hommes d'il y a vingt-cinq siècles ? Il y a des choses qui changent, et d'autres qui ne changent pas.

Je croirais assez volontiers que le changement touche avant tout les valeurs, qui évoluent avec toute société. Il y a des sociétés aristocratiques, bourgeoises, populaires. Elles louent et encouragent tantôt l'honneur, tantôt la tempérance, tantôt l'égalité. Et les passions prennent des visages nouveaux, s'adaptant aux circonstances, et s'autorisant de morales nouvelles. Les désirs de la jeunesse s'estompent avec l'âge. L'agressivité se développe avec les difficultés, et se mue en morale de libération. Les formes de l'amour se modifient avec le climat social…

C'est déjà considérable ; et il y aurait de quoi douter que les leçons du passé conviennent à des hommes dont les valeurs et les problèmes se mesurent en termes tout autres. Et pourtant… Ah ! laissez-moi retrouver mes formules de professeur dans sa classe : « Attention ! N'allons pas trop vite… » N'allons pas trop vite, en effet ; car je crois bien que quelques distinctions, en cette affaire, ne feraient pas de mal.

D'abord, je crois qu'il faut distinguer entre une crise et une évolution. Une crise, c'est un provisoire triomphe du désordre, une disparition de valeurs, un sauve-qui-peut. Il y a eu de telles crises dans toutes les périodes de difficultés politiques et sociales : on n'a plus eu confiance, non pas seulement en l'idéal des parents, mais en aucun idéal; on a prôné l'efficacité, le profit : c'était une morale de salut privé. De telles crises ont été déjà décrites par les Grecs – que ce soit Thucydide, Isocrate ou Platon. Tous trois ont insisté sur la dévalorisation des vertus au profit de l'action qui rapporte; tous trois ont parlé du changement de sens des mots. J'ai déjà cité le texte de Thucydide relatif aux guerres civiles qui déchirèrent la Grèce; ce texte dit aussi : « On changea jusqu'au sens usuel des mots par rapport aux actes, dans les justifications qu'on en donnait. Une audace irréfléchie passa pour dévouement courageux à son parti, une prudence réservée pour lâcheté déguisée, la sagesse pour le masque de la couardise, l'intelligence en tout pour une inertie totale; les impulsions précipitées furent comptées comme qualité virile, et les délibérations circonspectes comme un beau prétexte de dérobade[1] », etc. Mais il suffit de citer quelques mots de cette analyse pour que la différence apparaisse clairement : un tel changement, qui représente un relâchement temporaire et déplorable, n'est point du tout ce qu'ont à l'esprit les défenseurs du modernisme. Il faut donc se méfier d'une confusion possible entre un renouvellement des valeurs et une crise provisoire de ces mêmes valeurs, entre

1. Thucydide, III, 82, 4.

la gestation d'une société nouvelle, et un désarroi qui tendrait plutôt à la ruine de toute société digne de ce nom. Donc, avant de renoncer à défendre telle ou telle forme d'idéal, il faut savoir si les coups qui lui sont portés relèvent du premier cas ou du second. Quand ce ne serait que pour ce risque de confusion, le piège serait déjà de taille.

Mais il faut aller plus loin. On aura remarqué, en effet, que je parlais, avec les Grecs, d'un changement du sens des mots : c'est dire que, très souvent, il s'agit bien plutôt d'une transformation dans les applications que dans les valeurs elles-mêmes. Et je crois que l'époque actuelle nous offre assez de preuves qu'il en est bien ainsi.

Les Grecs aimaient par-dessus tout la justice, qui était pour eux la vertu cardinale, à laquelle devaient obéir et les dieux et les hommes, et l'univers et les cités. Mais en quoi consistait cette justice ? La démocratie athénienne semblait avoir trouvé la solution en admettant comme juste que tous les citoyens, sans distinction d'origine ou de fortune, eussent devant la loi un traitement égal. Devant la loi ? Très bien ! Mais on s'aperçut vite qu'il était peut-être injuste de réserver aussi, dans la gestion de la cité, une part égale à tous : aux bons et aux méchants, aux capables et aux incapables. Si bien que l'on voit les philosophes, au IVe siècle, distinguer entre deux égalités : la première, l'égalité arithmétique, donne à chacun la même part ; la seconde, l'égalité géométrique, donne à chacun selon ses mérites. Et voilà deux écoles, deux partis politiques, qui vont s'affronter l'un à l'autre au nom d'un même mot :

les uns trouveront juste l'égalité toute simple, les autres trouveront juste une forme d'égalité plus nuancée, qui, en favorisant les meilleurs, confie les charges à une élite.

Je mets peut-être quelque malice à choisir cet exemple, puisqu'il montre en passant que les plus vieux débats du monde conservent ou retrouvent parfois une actualité assez inusable. Mais j'en pourrais fort aisément citer de plus modernes. Et c'est un jeu bien simple que de relever, entre les programmes politiques de candidats adverses, les mêmes thèmes et les mêmes mots : « l'union », « la prospérité », « la justice »… Ces mots recouvrent sans doute des réalités différentes ; mais ce n'est là qu'affaire d'application ; et les visées essentielles tendent, par des moyens contraires, à promouvoir les mêmes valeurs.

Naturellement, cette similitude est en partie le fait de la propagande. J'entends par là que les candidats empruntent leurs thèmes au rival afin de lui ôter ses armes, et empruntent tous deux à l'esprit populaire (représenté par la presse autant que par les sondages) les aspirations d'une foule dont ils attendent les suffrages. Mais, à une nuance de sincérité près, cette double influence ne change pas l'essentiel. Qui prétendra jamais être favorable à l'injustice sociale ? Le plus aristocratique de tous jugera tout au plus, comme Platon, que puisque les hommes présentent des mérites inégaux, la justice sociale est dans la hiérarchie… Qui prétendra jamais être pour l'imprudence, ou la prodigalité ? Ce n'est pas plus imaginable que de supposer un candidat qui se déclarerait favorable aux guerres, ou bien au chômage.

Autrement dit, il semble bien exister, dans un tel cas, un fonds commun de valeurs reconnues ; et le désaccord ne commence que sur la façon d'y atteindre ou sur l'ordre d'urgence.

Eh bien, je crois qu'il en va un peu de même entre l'homme ancien et l'homme moderne – à cette différence près qu'ici les mots ne servent plus à masquer le désaccord ou bien la différence, mais à masquer la ressemblance. Un Grec ancien parle d'Aphrodite là où vous parlez d'instinct sexuel – la belle affaire ! Il parlera d'honneur là où vous parlerez d'être « reconnu » – et puis après ? Je n'ignore pas, naturellement, que je simplifie. Mais je simplifie parce que je m'attache à l'essentiel, et à ce qui change le moins. C'est mon droit, sinon mon devoir. Et je crois que l'autre camp simplifie au moins autant, et d'une façon qui peut être plus dangereuse.

Croire que rien dans l'homme n'est stable ni profond peut, en effet, être décourageant. Et si, inversement, on se plaît à cette griserie du changement, où va-t-elle nous entraîner ? N'est-ce pas signer un chèque en blanc ? N'est-ce pas, encore une fois, se croiser les bras, et laisser jouer le piège ?

Cela sans compter qu'en fait de pièges, la notion même de modernité offre, je crois, d'assez riches possibilités.

Tout ce qui n'existait pas avant est moderne : la pollution comme l'émancipation de la jeunesse, les HLM autant que la musique sérielle. Allez donc vous y reconnaître ! Allez donc décider ce que vous nous proposerez comme norme et comme modernité ? Tout ? On prendra tout, en vrac ? On renoncera aux modèles, aux critères, au tri ? Mais, à tout prendre ainsi au rythme du temps, comment savoir si la modernité n'est point une simple mode ? Crânes tondus et longs cheveux, robes de nos grands-mères et révoltes en lavallière, tout passe si vite ! La jeunesse, vous verrez, passe plus vite que tout – sinon une certaine modernité faite pour être reniée demain.

Tel est précisément le piège que renferme cette recherche délibérée de la modernité. Quelqu'un qui vit change tout le temps. Quelqu'un qui vit avec flamme et avec ardeur change plus encore. Et il n'est pas de peuple au monde qui ait changé plus profondément ni plus rapidement que n'ont fait les Grecs, du VIe au IVe siècle. Par contraste avec l'Égypte, par contraste avec l'Inde, ils représentaient l'ouverture et le dynamisme. Mais ils avançaient en cherchant à faire mieux, parce qu'ils ne pouvaient s'en empêcher. Ils se donnaient des airs de citer Homère et d'imiter leurs chers ancêtres ; mais ils changeaient ici un mot, là une vertu, et, sous couleur de conservatisme, ils faisaient des révolutions. Nous faisons, nous, le contraire : nous jouons la carte du changement perpétuel, nous nous voulons toujours autres, jamais vus, différents ; et nous risquons tout bonnement d'aboutir à un pot-pourri d'imitations déjà surannées. Je n'ai jamais eu tant de compliments pour une robe que pour celle que je portais aux dîners de l'année dernière : ma mère l'avait portée avant la guerre, et je l'avais trouvée dans une malle, au hasard d'un déménagement…

Après avoir simplifié, je deviens sans doute injuste. Je sais qu'il y a une différence entre ce qui est moderne et ce qui est la mode. Je sais aussi que l'homme des temps modernes est soumis à des menaces jusqu'ici inconnues, dispose de pouvoirs non moins nouveaux et, dans le contact du grand nombre, découvre des formes de relations nouvelles. Mais je crois intellectuellement faux, et psychologiquement dangereux, de couper tout lien entre l'homme d'aujourd'hui et celui d'hier. Et cette erreur, comme ce danger, a de quoi agacer, non seulement l'helléniste que je suis, mais tout bonnement la femme engagée dans ce XXe siècle, si excitant et si terrifiant.

* * *

En parlant de l'homme moderne, j'ai déjà signalé le piège que constitue à mes yeux le culte du changement en tant que tel : c'était, si l'on veut, une façon d'aborder la troisième notion que l'on oppose toujours à toute méditation sur le passé – la notion même de la mutation qui marque notre époque.

Oui, elle la marque ! Et je crois non seulement qu'il la faut accepter, mais qu'il la faut accepter avec joie et résolution. Car, au rythme où va la science, au rythme où change le monde, au rythme où se multiplient les hommes, ne pas vouloir changer serait une forme de suicide.

Mais je n'ai pas dit qu'il faille la faire, ou la subir, sans discernement.

Il fallait changer l'enseignement : il n'était pas nécessaire pour cela de mettre tout sens dessus dessous, en un seul jour, puis de recommencer, et, pour finir, de laisser chacun errer dans un dédale d'institutions contradictoires, où les vraies responsabilités étaient abandonnées entre les mains des ignorants (je veux dire des bénéficiaires de l'enseignement à venir). Il fallait changer la vie, ouvrir ses richesses plus largement, lutter de façon inexorable contre la misère des exclus, dont l'existence à elle seule devrait être comme une épine dans la chair de chacun : il n'était pas nécessaire pour cela de jeter par-dessus bord tout ce dont, précisément, ils étaient exclus, ce qui ne saurait avoir pour effet que de les en exclure à jamais.

Par un étrange paradoxe, on en est venu, pour chaque changement qui se fait, en bien ou en mal, utilement ou inutilement, à évoquer la mutation comme une sorte d'alibi universel. La violence se déchaîne, les jeunes n'ont plus de but, le cinéma se vautre dans la pornographie ? – « C'est notre mutation ! » Cela fait un peu penser à la réplique célèbre : « C'est votre léthargie… »

Et c'est bien d'une sorte de léthargie qu'il s'agit. Laissez faire, laissez passer : c'est notre mutation. Mais il est bien évident que, si telle est la mutation, elle aussi est un suicide.

Une mutation se fait dans un sens, pour quelque chose, avec un esprit créateur et à coups de choix perpétuels. On peut accepter et vouloir une mutation sans prétendre pour autant que tout ce qui existait auparavant doit disparaître ; car on ne crée pas à partir de rien, et on ne crée pas sans savoir, au moins au fur et à mesure, ce que l'on veut ou ne veut pas créer.

Je lisais encore ce matin un de ces articles où l'on félicite gentiment les femmes de s'être mises, enfin, à « assumer leur destin ». Et ce serait le moment où, sous prétexte de mutation, on dispenserait les hommes en général (« l'homme », comme disait naguère le dictionnaire, « sens générique : qui embrasse la femme ») d'assumer le leur ?

Je voudrais qu'il n'y eût point de doute : si, de mon côté, je n'acceptais pas la mutation, je m'enfermerais aisément dans la tranquillité des joies que rien n'atteint ; je vivrais bien à l'aise, pour moi seule et sans souci. Si j'ai l'air d'être dans l'opposition – et si j'y suis –, c'est parce que, justement, je ne crois en aucune façon que l'idéal soit dans le passé, et parce que le futur m'intéresse. Quel passé pourrait-on me soupçonner de vouloir faire revivre ? Voudrais-je revenir à ma chère cité grecque, dont je n'aurais d'ailleurs jamais fait partie, ni par la race, ni comme femme ? Voudrais-je en être, au mieux, une des esclaves incultes et inconscientes ? Ou bien voudrais-je… Mais le thème est trop évident pour mériter que l'on s'y arrête. Je ne veux revenir à aucun passé. Mais je crois qu'accepter la mutation implique précisément que l'on y collabore, en défendant ce qui peut et doit être défendu – cela pour l'amour de l'avenir.

C'est bien pourquoi j'ai tant parlé des valeurs qui me paraissaient menacées, et point des autres. Je ne crois pas indispensable de jouer les mouches du coche là où le coche est bien lancé. Mais là où il y a risque, là où il y a piège, là où il y a oubli, alors je crois qu'aucune voix n'est de trop – même la mienne. Et je crois que l'on peut chercher de l'aide partout, même dans le passé. Chercher des forces dans le passé n'implique point que l'on regarde en arrière – pas plus que se jeter, tête baissée, dans le changement en tant que tel n'est, à mes yeux, regarder en avant. Entrer dans la barbarie, ou arrêter toute vie humaine à la surface de la planète ne serait pas une mutation. Et ce mot cache donc les mêmes pièges que les autres dont j'ai parlé.

Et puis une mutation peut créer des formes nouvelles, qui, pourtant, par certains côtés, ressemblent à des formes anciennes. Pas « le passé », mais tel moment, tel effort, telle idée, lancée puis abandonnée, qui, tout à coup, nous font signe, et par rapport auxquels il devient plus aisé de nous définir. La Grèce, avec sa soudaine ouverture à la recherche de la pensée et de l'accomplissement humain, avec son équilibre encore naturel entre la raison et les émotions, me semble offrir l'un de ces termes de comparaison enrichissants. Mais je ne prétends en aucune manière que ce soit le seul, loin de là ! Je prétends seulement qu'à une époque où chacun se passionne à l'idée de découvrir la diversité géographique des civilisations et de les respecter toutes dans leur diversité, il serait, en somme, étonnant, de n'avoir point de curiosité pour leur diversité historique, qui n'est pas moins riche ni moins instructive. Pourquoi ces faux bonzes, boulevard Saint-Michel ou ailleurs, et pas de petits Homère aux festivals de nos étés ? Les plus anarchisants imitent toujours quelqu'un ; et leur insatisfaction va chercher ailleurs ses aliments. Mais le passé aussi est un « ailleurs », et non pas le moins fascinant.

Et puis – il est temps de le dire – j'en ai vraiment assez de parler du passé comme j'en entends parler, c'est-à-dire comme d'un objet, précis et déterminé, que nous puissions soit insérer dans notre jeu de cubes, soit rejeter sans plus de façons. Le passé, je crois, est un mot qui ne veut pas dire grand-chose.

J'ai souvent parlé des Grecs et de ce qu'ils m'avaient apporté. Mais un helléniste que je connais disait que, lorsqu'il entendait dire « les Grecs », comme cela, abstraitement, il cessait aussitôt d'écouter. Il y a eu de tout dans le passé. Il y a eu de tout même chez les Grecs. Il y a eu de tout même chez les Athéniens de l'époque classique. Et, finalement, leur message se renouvelle avec celui qui le reçoit.

Je me suis parfois amusée, en écrivant, à imaginer les réactions que pourraient avoir mes collègues sur ma petite profession de foi : « Ce que vous dites sur Homère est très juste, mais Empédocle ? Mais Plotin ? Et croyez-vous vraiment que la moyenne des Grecs ait, sur tel point, réagi comme vous le dites ? » À plus forte raison mon rapport avec le passé grec aurait-il scandalisé les hommes de la génération précédente : j'ai eu l'occasion de le mesurer aux objections que suscitaient des articles ou des conférences auprès d'un public d'âge avancé. Et l'étonnement serait plus grand encore chez Leconte de Lisle, ou Mably, ou Racine, ou Montaigne… (Heureusement, ceux-là du moins ne me le diront pas.)

Cela est-il pour diminuer ma propre foi en « ce que je crois » ? Certes pas. Toute lecture est un dialogue. On y cherche une réponse à des problèmes qui sont ceux du moment. Et si l'idée que je me fais de la Grèce antique est à ce point caractérisée par la notion d'un progrès, d'une formation, d'une ouverture, il est probable que je dois un peu cette perspective au fait de vivre dans une époque de mutation. Il existe une lecture moderne de la civilisation antique. Il en existe même plusieurs, toutes valables. Et à moins de ne considérer que l'effort d'érudition sous sa forme la plus ascétique – et encore ! – on ne peut, à chaque fois, lire les œuvres du passé qu'avec le regard du présent. C'est bien pourquoi on aime mieux, selon les époques, Eschyle ou bien Euripide, Platon ou bien Héraclite. Et ce n'est jamais non plus ni tout à fait le même Eschyle, ni tout à fait le même Platon.

Finalement, mon expérience d'helléniste, derrière laquelle j'ai prétendu m'effacer, demeure donc mon expérience tout court. Ma vie est tout entremêlée à mon travail, mon travail à ma vie, ce que je crois à ce que je lis, ce que je lis à ce que je crois.

Mais alors, ne me demandera-t-on pas pourquoi je donne à ces textes grecs une importance privilégiée, et pourquoi je m'obstine à les croire qualifiés pour nous aider dans la crise actuelle ?

Pourquoi ?

J'essaie d'être sincère (je veux dire : lucide) : je commencerai donc par dire qu'ils ne constituent qu'une des voies parmi beaucoup et que, dans mon insistance, transparaît peut-être, non pas seulement l'affection née d'une longue familiarité, mais une sorte de réaction contre une incompréhension que je crois très injuste. Il est permis de plaider *pro domo* quand on menace de vous raser votre maison.

Pourquoi donc ce passé, si c'est le présent que j'y lis ? Eh bien, pour une raison bien simple, qui est le recul qu'il nous offre pour mieux embrasser le présent.

On peut s'enthousiasmer de retrouver dans des civilisations évoluées des structures primitives d'origine plus ou moins magique : comment ne pas s'émerveiller aussi du contraire, c'est-à-dire de retrouver, à vingt-cinq siècles de distance, des émotions, des idées, des problèmes, qui revivent, à peine différents, dans un monde qui pourtant l'est tant ? Au moment où la civilisation occidentale se précipite et s'emballe, prenant, en pleine vitesse, les changements les plus hardis, puis poussant des cris de frayeur devant ce mouvement qu'elle ne peut plus freiner, comment n'être pas saisi d'une joie lumineuse à reconnaître soudain une expérience familière ? C'est un peu comme d'être noyé dans un monde étranger, ou comme un invité déjà inquiet à l'idée de s'être trompé de réception, et voyant enfin un visage ami, qui lui sourit. La rencontre avec le passé grec nous aide, nous rassure, nous stimule. Ou du moins mon expérience est qu'elle peut le faire.

Et puis il ne s'agit pas seulement du hasard d'une rencontre, que tout passé pourrait offrir. Car ce fut la visée des Grecs, et leur signe distinctif que d'aller droit à l'essentiel, de décanter, de chercher toujours la cause la plus générale, la vision la plus haute, le tracé le plus simple. Cela leur était plus facile qu'à nous, car leur univers était plus simple. Mais ils l'ont aussi voulu plus que nous, et réussi plus que personne. Le recul que, par vocation, ils savaient prendre, et qui s'affirme dans leurs œuvres, s'ajoute donc à celui du temps : il contribue à multiplier et à enrichir ces rencontres dont je parlais, et qui me paraissent si précieuses.

Dans notre univers complexe, changeant, et menaçant, je ne prétends pas qu'il faille retrouver leur sagesse. C'était la leur, faite à leur mesure. Mais je crois que nous avons un très grand besoin, et très urgent, de prendre, avec ou sans les Grecs, par tel moyen que l'on voudra, à tout prix, un petit peu de ce recul.

C'est par lui seul, je crois, que nous pouvons arrêter en nous cette hâte inquiète qui nous emporte et nous exaspère, pour retrouver l'innocence du présent. C'est par lui seul aussi que nous pouvons nous arracher à nos luttes étriquées, à notre isolement, à notre spécialisation, au pullulement des doctrines et à la puissance des propagandes, pour reprendre un moment haleine et regarder où nous allons. C'est par lui seul enfin que nous pouvons tenter de retrouver, sous nos divisions et nos étiquettes, sous nos visages opaques et sous notre jargon à la mode, ce petit élément humain qui est la base de toutes les ententes, et sans lequel aucun avenir, quel qu'il soit, ne saurait être vivable.

Ce n'est pas un regret que j'exprime : c'est une espérance.

* * *

Je crois donc en pas mal de choses. Mais je crois surtout que j'en dis trop. J'aime comprendre. Et voici que cela m'engage dans un dialogue avec moi-même, où défilent tous les problèmes. Je m'y débats avec quelque peine, et sans doute avec maladresse. Peut-être aurais-je dû ne point y engager autrui.

De fait, je roulais tout cela dans ma tête, hier ; et je suis entrée un instant dans la belle église aixoise de Saint-Jean de Malte. Le curé faisait un sermon, et j'ai juste entendu une phrase, sur ce que serait le chiffre de la jeunesse d'ici dix ou cinquante ans. Moi qui avais voulu fuir un moment mes difficultés, voici que l'on m'y renvoyait ! Des phrases entendues ou lues me poursuivaient jusque sous ces voûtes. Et soudain, j'en ai eu assez.

« Demain le monde entier ne comptera plus que des jeunes » – eh bien, raison de plus pour tenter de les aider de notre mieux, avant de passer la main ! « Demain, la population du globe sera comme un entassement monstrueux » ; « Demain, la bombe atomique aura rendu déserte la terre » – craintes contradictoires ! Que savons-nous ? Ne vaut-il pas mieux nous contenter des domaines sur lesquels notre action peut encore avoir prise ?

Je suis sortie de l'église, dont la sobre flèche de pierre ocre s'élevait, lumineuse, dans un ciel tout clair ; et je me suis dit : Quelle chance ! Tous ces désastres n'ont pas encore eu lieu. La place est là, dans le soleil. Et nous avons au moins obtenu un sursis : une chance de plus pour tenter d'agir, une chance de plus pour nous racheter, une chance de plus pour vivre !

La flèche brillait de toute la dignité patinée du passé ; des touristes très modernes erraient sur la petite place, avec les oiseaux de toujours. Alors, tous ces débats m'ont semblé tout à coup bien abstraits et bien superflus. Je savais : c'était si simple ! Il suffisait de se rappeler que, entre hier et demain, les ponts ne peuvent jamais être coupés. Entre les deux, à la jonction, nourri de l'un et gros de l'autre, il y a, comme un gage de notre liberté et une invitation à mieux vivre – ô merveille des merveilles –, il y a aujourd'hui.

Cela ne paraîtra pas très original. Mais je ne suis pas originale. Je vous raconte une histoire vraie. Et – j'allais oublier de le dire – je crois, avant tout et toujours, en la vérité.

Table

Jacqueline de Romilly
dans Le Livre de Poche

Dans le jardin des mots n° 31016

À partir d'un mot qu'elle choisit, Jacqueline de Romilly cherche à en préciser le sens, l'étymologie, ainsi que l'évolution qui, en fonction des changements de la société, des découvertes scientifiques ou des réflexions des écrivains, a chargé ce mot de nuances nouvelles. Ces promenades dans le jardin des mots nous permettent de contempler l'un des plus beaux paysages du monde, la langue française.

Les Grands Sophistes dans l'Athènes de Périclès n° 479

Avec la rhétorique, les sophistes ont offert un enseignement nouveau, ils ont développé l'art de raisonner et ont ouvert la voie à toutes les formes de la libre pensée. Jacqueline de Romilly s'emploie à rendre aux sophistes leur place et leur rôle dans la formation de la culture occidentale et montre l'influence considérable qu'ils exercèrent sur le développement intellectuel de l'Athènes du ve siècle av. J.-C.

Jeanne n° 32642

En 1977, l'année qui suit la mort de sa mère, Jacqueline de Romilly écrit ce livre et le fait imprimer en quelques exemplaires pour le donner à ses proches. Mais parce qu'il y a quelque chose de vulgaire à dévoiler ce que l'on a de plus intime, elle ne souhaite pas qu'il soit publié de son vivant et charge son éditeur et ami Bernard de Fallois de le faire après sa mort.

Laisse flotter les rubans n° 14986

À condition de « laisser flotter les rubans » du souvenir, notre mémoire nous ouvre un champ infini d'émotions et de sentiments. Un mot d'un être cher, une rencontre qui n'a pas eu de suite, un remords qui soudain vous assaille... Ces infimes détails de la vie disent bien souvent, mieux que les grands faits marquants, notre vérité et celle des êtres qui nous entourent.

Petite leçons sur le grec ancien
(avec Monique Trédé) n° 31628

Inspirer le désir de découvrir la langue qui a contribué à l'éclat de la littérature grecque antique, tel est le souhait des auteurs de ce livre. Au cours de ces huit leçons autour du grec ancien, le lecteur comprendra mieux aussi pourquoi cette langue est, aujourd'hui encore, à la base de nos classements intellectuels et forme le noyau du vocabulaire scientifique de l'Europe.

Pourquoi la Grèce ? n° 13549

Pourquoi les textes de la Grèce antique, d'Homère à Platon, continuent-ils d'influencer toute la culture européenne ? Quelle qualité unique cet héritage si divers recèle-t-il, qui justifie une présence aussi vivace au cours des siècles ?

Les Révélations de la mémoire n° 31949

Évocation de cinq ou six souvenirs de la vie de l'auteur, revenus à sa mémoire d'une manière aussi simple qu'inattendue et qui l'ont amenée à vouloir comprendre l'éblouissement et l'émerveillement qu'ils ont provoqués en elle. Elle se demande alors : le temps dans lequel nous vivons est-il le seul ? Y en a-t-il un autre que nous ne voyons pas et qui serait d'une autre nature ?

Les Roses de la solitude n° 30950

« Ce livre est fait de souvenirs et de rêveries : il évoque des objets familiers dont chacun porte la trace de ce qui fut ma vie. D'ordinaire, on les voit à peine. Parfois, à l'occasion de n'importe quoi et d'un simple instant d'attention, on retrouve un peu des souvenirs qui, avec les années, s'y sont attachés. C'est une expérience très simple et très singulière. J'ai voulu tenter de la décrire. »

Le Sourire innombrable n° 31563

Alternant souvenirs et réflexions, sur le ton charmant de la conversation qu'elle a aujourd'hui avec ses lecteurs, comme elle l'avait jadis avec ses élèves, Jacqueline de Romilly nous raconte les « histoires drôles » de sa vie.

Sous des dehors si calmes n° 30057

« Dans les récits qui suivent, une femme dit "je", et ce n'est pas moi ; c'est une certaine Anne, qui évoque des moments passés dans sa maison du Lubéron… Peut-être y a-t-il des ressemblances. Pourtant, non, ce n'est pas moi. Alors, qui est-elle ? »

Le Trésor des savoirs oublié n° 14587

Nos souvenirs peuvent être partiels, flous, incertains : pourtant nous sentons bien qu'ils sont présents en nous. Ils ont laissé des traces et constituent pour l'esprit des repères intellectuels, mais aussi affectifs ou moraux. Aller à la rencontre de ces savoirs enfuis ne s'apparenterait-il pas à une sorte de « psychanalyse du bien » ?

Une certaine idée de la Grèce
(avec Alexandre Grandazzi) n° 30528

L'Europe et la culture occidentale sont nées, il y a un peu plus de 2400 ans, au moment où un petit pays a inventé, presque d'un seul coup, la littérature, l'art, la philosophie et la politique : c'est cela le miracle grec. Qui ne souhaiterait pouvoir disposer, avec un seul ouvrage, surtout s'il est de lecture facile et agréable, de ce qui fait l'essentiel du message de cette Grèce antique ?

Du même auteur :

Aux éditions Les Belles Lettres

THUCYDIDE, édition et traduction, en collaboration avec L. Bodin et R. Weil, 5 vol., Coll. Des Universités de France, 1953-1972.

THUCYDIDE ET L'IMPÉRIALISME ATHÉNIEN – La pensée de l'historien et la genèse de l'œuvre (1947 ; 1961 ; épuisé en français).

HISTOIRE ET RAISON CHEZ THYCYDIDE, 1956, 3e éd. 2005.

LA CRAINTE ET L'ANGOISSE DANS LE THÉÂTRE D'ESCHYLE, 1958, 2e éd. 1971.

L'ÉVOLUTION DU PATHÉTIQUE, D'ESCHYLE À EURIPIDE (P.U.F., 1961), 2e éd. 1980.

LA LOI DANS LA PENSÉE GRECQUE, DES ORIGINES À ARISTOTE, 1971, 2e éd. 2001.

LA DOUCEUR DANS LA PENSÉE GRECQUE, 1979, Pluriel, 1995.

« PATIENCE, MON CŒUR ! » – L'essor de la psychologie dans la littérature grecque classique, 1984 (2e éd. 1991), Agora, 1994.

TRAGÉDIES GRECQUES AU FIL DES ANS, 1995.

Aux éditions Hermann

PROBLÈMES DE LA DÉMOCRATIE GRECQUE, 1975, Agora, 1986 ; rééd. 2006.

Aux Presses Universitaires de France

La Tragédie grecque, 1970, Quadrige, 5e éd. 1994.
Précis de littérature grecque, 1980, Quadrige, 2002.
Homère (coll. Que sais-je ?), 1985, 2e éd. 1992.
La Modernité d'Euripide (coll. Écrivains), 1986.

Aux éditions Vrin

Le Temps dans la tragédie grecque, 1971 (traduction du texte paru en 1968 à Cornell University Press).

Aux éditions Fata Morgana

Jeux de lumière sur l'Hellade, 1996.
Héros tragiques, héros lyriques, 2000.
Roger Caillois hier encore, 2001.
De la flûte à la lyre, 2004.

Aux éditions Julliard

La Construction de la vérité chez Thucydide (coll. Conférences, essais et leçons du Collège de France), 1990.

Aux éditions ENS, rue d'Ulm

L'Invention de l'histoire politique chez Thucydide. Études et conférences. Avec Préface de Monique Trédé, 2005.

Aux éditions Bourin

Actualité de la démocratie athénienne, Entretiens avec Fabrice Amedeo, 2006.

Aux éditions Bayard

Jacqueline de Romilly raconte l'*Orestie* d'Eschyle, 2006.

Aux éditions Stock

Avec Monique Trédé : *PETITES LEÇONS SUR LE GREC ANCIEN*, 2008.

Aux éditions de Fallois

LES GRANDS SOPHISTES DANS L'ATHÈNES DE PÉRICLÈS, 1988.

LA GRÈCE À LA DÉCOUVERTE DE LA LIBERTÉ, 1989.

DISCOURS DE RÉCEPTION À L'ACADÉMIE FRANÇAISE ET RÉPONSE DE M. ALAIN PEYREFITTE, 1989.

OUVERTURE À CŒUR, roman, 1990.

ÉCRITS SUR L'ENSEIGNEMENT. *Nous autres professeurs* (1969), *L'enseignement en détresse* (1984), 1991.

POURQUOI LA GRÈCE ?, 1992.

LES ŒUFS DE PÂQUES, nouvelles, 1993.

LETTRE AUX PARENTS SUR LES CHOIX SCOLAIRES, 1994.

RENCONTRES AVEC LA GRÈCE ANTIQUE, 1995.

ALCIBIADE, 1995.

HECTOR, 1997.

LE TRÉSOR DES SAVOIRS OUBLIÉS, 1998.

LAISSE FLOTTER LES RUBANS, nouvelles, 1999.

LA GRÈCE ANTIQUE CONTRE LA VIOLENCE, 2000.

SUR LES CHEMINS DE SAINTE-VICTOIRE (Julliard, 1987), 2002.

SOUS DES DEHORS SI CALMES, nouvelles, 2002.

UNE CERTAINE IDÉE DE LA GRÈCE, Entretiens avec Alexandre Grandazzi, 2003.

L'ÉLAN DÉMOCRATIQUE DANS L'ATHÈNES ANCIENNE, 2005.

LES ROSES DE LA SOLITUDE, 2006.

DANS LE JARDIN DES MOTS, 2007.

LE SOURIRE INNOMBRABLE, 2008.

LES RÉVÉLATIONS DE LA MÉMOIRE, 2009.

LA GRANDEUR DE L'HOMME AU SIÈCLE DE PÉRICLÈS, 2010.

JEANNE, 2011.

RENCONTRE, 2013.

PAPIER À BASE DE FIBRES CERTIFIÉES

Le Livre de Poche s'engage pour l'environnement en réduisant l'empreinte carbone de ses livres. Celle de cet exemplaire est de :
200 g éq. CO_2
Rendez-vous sur www.livredepoche-durable.fr

Composition réalisée par Belle Page

Achevé d'imprimer en avril 2014 en France par
CPI BRODARD ET TAUPIN
La Flèche (Sarthe)
N° d'impression : 3005167
Dépôt légal 1re publication : mai 2014
LIBRAIRIE GÉNÉRALE FRANÇAISE
31, rue de Fleurus – 75278 Paris Cedex 06

31/7535/3